하부지 태교일지

할아버지가 태아들에게 보내는 글들

하부지 태교일지

저자 | 김희성

인생은 힘껏 달려가 다음 주자에게 배턴을 넘겨주는 이어달리기 선수
인생 후반기에서 이보다 더 좋을 수 없다!

종문화사

엄마 안에서 자라는 별 둘이에게

'인생은 힘껏 달려가 다음 주자에게
배턴을 넘겨주는 이어달리기의 선수와 같다.'

딸아이가 20살 즈음부터 그 아이의 결혼을 위한 기도를 시작했다. 금요일마다 모이는 하나선교회의 기도회에서도 고정 기도 제목이 되었다. 오랫동안 조바심을 태우던 딸아이가 마침내 혼인하게 되었다. 무려 18년 만의 기도응답이었다. 결혼 후에는 딸아이의 임신이 기도목록의 첫 자리에 올랐다. 6개월이 지나도 그리고 9개월이 지나도 기다리던 소식은 없었다. 그러던 차에 들려온 임신소식은 우리 모두를 기쁨의 도가니로 몰아넣었다. 이번에는 10개월 만의 응답이었다. 함께 드리는 주일 예배 후에 딸아이의 임신을 축하하며 덕담을 나누었다. 임신한 사실만으로도 너무 기뻐서 "늦은 임신이라서 쌍둥이면 좋겠다"는 딸내미의 말은 귓등에 흘려버렸고, "주중에 다시 정밀진단을 받는다"는 말을 듣고 헤어졌다.

다음 주 딸내미가 전해준 진단결과는 놀라움과 경이로움 그 자체였다. 쌍둥이란다! 임신했다는 사실만으로도 무척 기뻐했던 우리에게 두 생명의 잉태소식은 그야말로 일대사건이었다. " '한 생명이 천하보다 귀하다'고 하는데, 두 생명이라니 … ." 벅찬 감동과 감사가 절로 터져 나왔다. 동시에 '두 생명을 위하여 외할아버지로서 최선을 다 해야겠다'라는 막중한 책임감도 다가왔다. '이 아이들을 위하여 날마다 기도하며 덕담을 보내야겠다'고 굳게 마음먹고는 가족 카톡방을 통해 이 다짐을 실천하였다. 그러던 중 태아에게도 말씀을 건네시는 하나님(참조. 이사야 49장 1절; 비교. 갈 1장 15절)을 의지하고 가장 귀중한 하나님의 말씀으로 태교를 해야겠다는 마음이 들었다. 당장 신구약 성경에서 간단하고 귀한 말씀을 150구절 정도 모았다. 하루에 한 구절씩 그 말씀에 간단한 설명을 달고 성장정보와 함께 딸내미에게 보내면서 복중의 아이들에게 낭독해주도록 하였다. 태어날 때까지 거의 매일을 그렇게 했다.

아이들이 벌써 4세의 어린이가 되었다. 한번은 아이들을 돌보는 날 아내가 저녁을 준비하던 중이었다. 호기심 많은 작은 아이가 까치발로 서서 전기레인지를 만지고는 데었다고 울고불고 야단이었다. 우리 내외는 찬물에 손을 담그게 하고 병원에 데리고 가야 할지를 몰라 무척 당황하고 있었다. 울음은 쉬이 그치지 않았다. 한 5분여 정도가 정신없이 그렇게 지나갔다. 그때까지 긴장한 채로 가만히 식탁에 앉아 있던 다른 아이가 갑자기 "준호야, 한번 웃어볼래?"라고 말했다. 그러자 그때까지 엉엉 울던 아이가 거짓말처럼 울음을 그치고 억지웃음을 짓는 것이 아닌가? 당황스런 상황을 한마디 말로 해결해 버린 큰 아이의 지혜, 아픔을 참고 이지러진 웃음으로 응답해준 작은 녀석의 배려. 두 아이의 합작으로 우리는 놀란 가슴을 겨우 쓸어내릴 수 있었다. 그날 손주 녀석들의 지혜로운 행동은 하나님의 말씀으로 실천했던 태교의 결과라고 생각한다. 앞으로 서로 든든한 버팀목이 되어줄 형제의 모습을 미리 보는 것 같아 흐뭇한 기억으로 남아 있다.

지난 추석 가족모임에서 이렇게 지혜롭게 성장해 가는 아이들의 모습을 다시 한 번 보면서 성전에서 아기 예수를 안고 하나님을 찬송한 시므온의 송가가 나의 입술에서 개사되어 터져 나왔다. "내 눈이 주의 응답을 보았사오니 주님께서 이제는 종을 평안히 가게 하시는도다."(누가복음 2장 29절 참조 이하.) 이런 감격의 찬송을 터트리게 하는 말씀과 기도의 손주 태교는 내 인생 후반기에서 이보다 더 좋을 수 없이 최고로 잘한 일이었다. 우리 인생 후반에도 너무나 행복하고 복된 일이 있다는 사실을 널리 알리고자 책으로 펴낸다.

이 책이 나오기까지 많은 분들의 도움을 받았다. 주인공 쌍둥이

가족, 기뻐하며 관심과 조언을 준 우리 가족들, 태아들의 발육상황을 연상할 수 있도록 성장정보를 매일 보내주신 모아베베앱과 초음파 사진을 보내주신 도곡함춘 산부인과, 이 책의 디자인. 포맷과 삽화를 맡아 수고한 막내며느리 안한나 님, 출판하게 해 주신 종문화사 임용호 대표님, 그리고 머리말을 교정해주신 동기 류홍수 교수님과 전체 내용을 교정해 주신 이신건 교수님께 깊은 감사를 드린다.

1부 기도의 태교

2부 말씀의 태교

God bless you

1부 기도의 태교

임신 축하

한나(우리 딸내미)   임신 5주입니다 ㅋㅋㅋ

외할머니   다들 축하해 주세요 드뎌 외가가 되는구먼요ㅋㅋ

외할아버지   기도의 열매네요. 축하해요. 축복해요. 사랑해요.
주님께 감사해요. 임마누엘의 주님께서 지켜주시고
보호해 주시고 복과 샬롬의 은혜를 주시기 바랍니다.

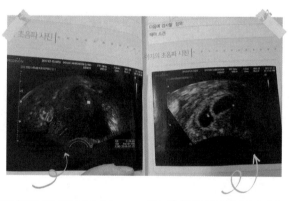

임신 확정한 7월 15일 초음파 사진   쌍둥이를 확정한 7월 21일 초음파 사진

쌍둥이 임신 소식

쌍둥이 임신 소식에 온 가족이 축하하느라고 야단이었다. 온 가족이 나눈 카톡의 이야기를 그대로 싣는다.

외할머니	쌍둥이 맞어? 일주일 만에 이렇게 커지는 거야?
	애기집이 커진거야.
딸내미	아직 아기 크기는 가늠할 수 없음.
막내 외삼촌	와우 대박!
외할머니	쌍둥이? 오 축하해요! 온 집안이 난리 나겠네.
	이란성 아님 일란성? 아직 모르나?
	나는 일하다가도 웃음이 나네.
	어차피 늦어서 해마다 낳을 바에야 한꺼번에 주신 하나님의
	솜씨가 어찌니 놀라운지.
딸내미	태명은 한별이와 샛별이 ㅋㅋ
외할아버지	태명도 좋고! 한별이와 샛별이
	한나는 참 복 있는 여인이구나 쌍둥이면 좋겠다는 마음의
	소원이 한 주일 만에 실현되다니.

외할머니	하나님을 향한 믿음과 사랑에 있어서 누구에게도 뒤지지 않는 좋은 엄마가 되세요.
	그리고 내일은 대표기도입니다.
딸내미	오늘 쌍둥이 심장소리 듣고 왔습니당.
	심장은 정상적으로 잘 뛰고 있고 아이들도 잘 자라고 있네요. ^^
외할머니	아직 1㎝도 안되었는데.
딸내미	ㅋㅋㅋ 이란성 쌍둥이일 가능성이 높다고
	심장소리 들으니 실감남.
외할아버지	아, 벌써 심장이 박동하는구나!
	정말 실감나겠네. 별이야, 잘 자라거라.
	할아버지가 기도하면서 기다린다.
외할머니	예쁜 아기 되게 해주세요.
외할아버지	아름답고 예쁜 아이가 되게 해 주세요.
	이렇게 구체적으로 기도하게 되네여.
	참 이제 KTX 타고 올라가고 있어요.
외할머니	아빠가 지금 알아낸 것! 난자 크기가 0.2mm라고.
딸내미	난자 크기?? 이제 배아가 되었지. ㅋㅋ
외할머니	다들 초미의 관심사야. 아그들 이제 1㎝ 넘었겠지.
	난 성별이 궁금해.
딸내미	빠르면 14주에 알 수 있음.

하부지 태교일지

외할머니   주시는 대로 받으면 되지.
          다 좋아. 딸딸이도 아들 둘도 아들 딸도!
          한별이도 샛별이도 손가락은 10, 발가락도 10,
          쑤욱쑤욱 자라세요. 피아노도 잘 치게 기다란 손가락!
딸내미   우리 아가들 잘 크고 있어요.

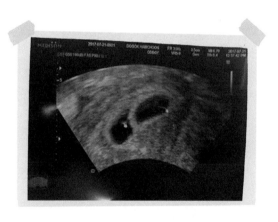

"우리 쌍둥이 아가의 태명은 **한별이**와 **샛별이**,
앞으로는 태명을 사용하겠습니다."

별 둘이 9주째

" 두 달이 넘었어요. "

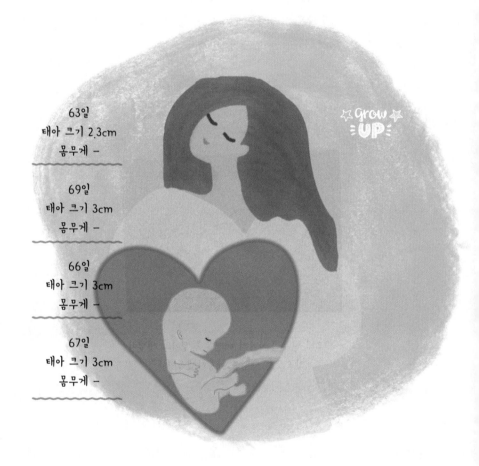

63일
태아 크기 2.3cm
몸무게 –

69일
태아 크기 3cm
몸무게 –

66일
태아 크기 3cm
몸무게 –

67일
태아 크기 3cm
몸무게 –

Grow
UP

눈이 이동하고 있어요.

별 둘아, 안녕!

외할아버지가 너희들에 대해 처음 접한 성장정보는 눈의 이동에 관한 것이다. 배아의 이목구비(귀·눈·입·코)는 아직 제자리에 있지 않다는구나. 아이들이 태어날 때 이목구비는 다 제자리가 정해져 있기에 생겨난 이목구비가 아직 제자리를 잡지 못하고 점차 이동해서 자리를 잡는다고 하니 놀랍고 신기할 따름이다. 그 중에서 63일째 오늘은 눈이 이동하고 있고 여러 주가 지나야 제자리를 잡는다고 한다.

우리 별 둘아, 눈이 아름답고 예쁘게 균형 있는 곳에 자리를 잡거라. 그렇게 되기를 외할아버지가 기도한다.

성장정보가 없어요.

별 둘아, 안녕!

오늘은 주일이다. 아빠 엄마가 교회에 예배드리러 온다. 너희 엄마가 비가 온다고 걱정하며 다음과 같은 글을 카톡으로 보내왔다.

딸내미　　비가 억수로 쏟아지네! ㅋㅋ

외할아버지　한나(딸내미의 이름)는 비가 많이 오니 조심해서 교회로 와야
　　　　　　겠네. (쌍둥이를 잉태했으니 언제나 몸조심이 최고야.)

그런데 오늘은 기다리던 성장정보가 올라오지 않았다. 그래서 지금 성장과정을 생각하면서 다음과 같이 별 둘이(한별과 샛별), 너희들에게 간단한 말을 건넨다. 모든 신체기관이 잘 자라고, 제자리를 찾고, 정상적으로 작동하길 바래요.

난황낭이 사라져요.

별 둘아, 안녕!

오늘의 성장정보에 의하면, 너희들에게서 난황낭이 사라진다. 난황낭(卵黃囊)은 배아를 감싸는 얄팍한 주머니를 일컫는 말로, 수정된 난자에 있다. 난황 속 배아에게 혈액을 공급하는 역할을 하며, 배아가 성장하면서 난황낭 대부분이 초기 내장에 융합된다. 사라진다고 놀라지 마라. 난황낭은 본연의 임무를 마치고 오그라든 것이다. 그것 대신 태반이 그 기능을 이어받는다. 태반은 임신이 끝날 때까지 태아의 생명선의 역할을 하고, 탯줄은 너희와 태반 사이의 연결선으로 혈액과 영양을 운반한다. 별 둘이의 난황낭 굿바이. 태반아, 기능 잘하길 부탁해요.

넷째 날 _66일째
눈, 코, 입이 정교해집니다.

별 둘아, 안녕!

너희들의 성장정보는 다음과 같다. 이제 너희들의 크기가 3㎝이다. 눈과 코, 입이 정교해진다. 머리는 가슴에서 분리되고 척추가 바로 서기 시작한다. 코가 얼굴에서 솟아오르기 시작하여 형태를 갖추고, 입과 입술은 완전한 모양으로 발달해 간다. 귀는 외부에서 보이는 외이와 보이지 않는 내이로 구성되어 있는데, 외이는 형성되었으나 아직 제자리를 잡지 못하고 있다. 여러 주가 지나면서 점차 자리를 잡아간다고 하는구나. 별 둘아, 눈, 코, 입, 귀도 균형이 잘 잡혀서 아름다운 얼굴이 되거라.

다섯째 날 _67일째
손가락 발가락이 분리되었어요.

오늘의 성장정보에 의하면, 너희들의 팔다리가 형성되고 손가락과 발가락이 분리되고 있다. 손목과 팔꿈치도 완성이 되었다. 손목도 구부릴 수 있다. 태아의 발달 초기는 팔과 다리의 모든 관절을 굽힐 수가 있다. 자연스러운 것이니 굽혀진다고 이상하게 생각하지 마라. 너희들의 엄마는 다리가 길지 못해서(일명, 숏다리 ㅋㅋ) 너희들의 팔다리는 길었으면 한다. 엄마의 소원대로 팔과 다리도 길게 잘 발달하고, 손가락과 발가락도 잘 분리되어 어여쁘고 건강한 손, 손가락, 발, 발가락이 되거라. 그 모든 지체 부위가 다 잘 발육하고 성장하기를 기도한다.

일곱째 날 _69일째
횡경막이 발달하기 시작해요.

별 둘아, 안녕!

오늘의 성장정보에 의하면, 너희들의 폐는 아직 다른 장기들, 즉 위와 간과 장과 분리되지 않은 상태라고 해요. 이 내장기관들은 나중에 복강이라고 변하는 부위에 자리해요. 아기가 호흡과 딸꾹질을 할 수 있게 하는 횡경막(배와 가슴 사이를 분리하는 막처럼 생긴 근육 위키백과 참조.)도 발달하기 시작해요. 여러 주가 지나면서 횡경막이 강화되어 숨쉬기 운동도 가능해져요. 숨쉬기 운동은 태어나서 공기 중에서 하는 것과는 달리 태아들은 엄마 뱃속에서 양수로 하는 것이에요. 자세한 것은 폐가 완성된 후에 설명할게요.

별 둘아, 호흡이 중요하니. 특별히 횡경막도 잘 발달하여 숨쉬기도 잘하거라.

별 둘이 10주째

" 태아라고 불러주세요 ."

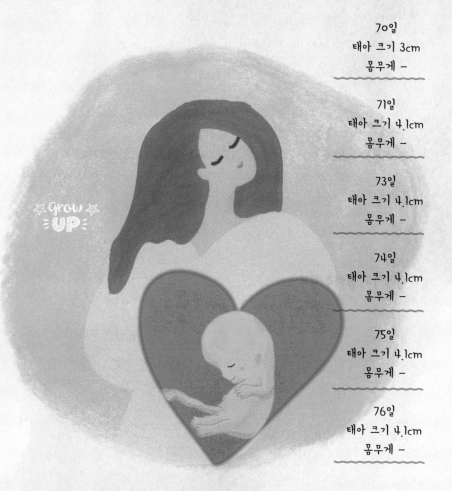

70일
태아 크기 3cm
몸무게 –

71일
태아 크기 4.1cm
몸무게 –

73일
태아 크기 4.1cm
몸무게 –

74일
태아 크기 4.1cm
몸무게 –

75일
태아 크기 4.1cm
몸무게 –

76일
태아 크기 4.1cm
몸무게 –

grow
UP

다리에 균형이 잡혀요.

별 둘아, 안녕!

성장정보에 의하면, 넓적다리와 정강이뼈가 자라면서 다리에 균형이 잡히고 무릎 관절도 구부릴 수 있고, 발가락도 다 분리되었다고 한다. 종종 너희 엄마와 외할머니도 카톡에 글을 올리며 관심을 보이고 있다. 엄마와 외할머니가 올린 글은 그대로 싣겠다.

외할머니   중요한 시기네. 기도 집중!

외할아버지   별 둘아, 다리, 발, 발가락 잘 분리하고 잘 발달하여 균형도 잘 잡거라. 아빠 엄마는 그렇지 않더라도 너희들은 다리가 길어야 하겠지? 그렇게 기도한다.

태아라고 불러주세요

딸내미   엄마, 오늘부터 태아! ㅋㅋㅋ

외할아버지   아, 별 둘아, 1cm나 더 컸네. 태아기로 넘어갔다고 하는구나. 사람의 형태를 아름답게 띠고 감각기관도 정교하게 잘 발달하길 빌어요. 엄마 모태에서 평안하겠지?
주님의 샬롬이 더하길 바란다.

외할머니   이제까지 태아라고 기도했는데 ...
~~ 어쨌든 안착 단계에 들어가서 기뻐요.

아들일까? 딸일까?

외할아버지	다행이다. 오늘 성장정보를 보면서 옛날 내가 젊었을 때 우리나라 정부가 내 걸었던 구호가 생각나네. "아들 딸 구별 말고 둘만 낳아 잘 기르자." ㅋㅋ
외할머니	둘만 낳으라고요?
딸내미	엄마, 이번에 한정해서 ... ㅋㅋ
외할머니	남매둥이이기를

방광과 신장이 분리 되어요.

외할아버지	신기하구나. 이렇게 장기들이 분리해서 발달하는구나. 별 둘아, 방광과 신장도 잘 발달하여 건강하게 자라고 또 건강하게 살기를 바란다.
딸내미	엄마, 아이들 2주 사이에 2배나 컸어요. 저번까지만 해도 평균 키보다 작았는데 이제 평균키인 4.1cm에 근접해서 지금은 4.08, 4.05cm에요. ~~
딸내미	엄마, 이제 꼼지락꼼지락도 하고 움직입니당.
외할아버지	장하다. 별 둘아. 그렇게 잘 성장하고 운동도 꾸준히 하면 평균도 넘어갈 수 있을 거야.
딸내미	내가 최근에 다시 예년 먹는 양으로 거의 컴백해서 아이들

이 덕분에 잘 자라고 있네용. ^^ 산책을 해보니 30-40분은
거뜬히 해낼 수 있을 듯.

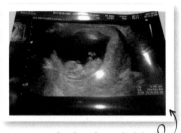

2017년 8월 25일 초음파 사진

여섯째, 일곱째 날 _75, 76일째
머리와 몸의 분리, 숨 쉬기

외할아버지 별 둘아, 외할아버지처럼 폐가 잘 발달되어서 숨도 잘 쉬
고, 폐활량도 커지길 바란다. 머리와 몸도 잘 분리하고, 목
도 적당하게 길어야 보기도 좋단다. 그렇게 잘 분리하고 발
달하여라.

딸내미 이 아이는 왼쪽이 머리고 오른쪽이 엉덩이 ...
근데 엉덩이 근처에 모가 보이지 않나요?
왠지 아들인듯. ㅋㅋㅋ

외할머니 아직 콩알만 한데 보이기는 뭐가 보여?

딸내미 콩알이니깐. ㅋㅋㅋ
초음파 보면 막 움직여. 팔다리 꼼지락 꼼지락
암튼 2주 사이에 폭풍성장.

별 둘이 11주째

" 아기가 보인다! "

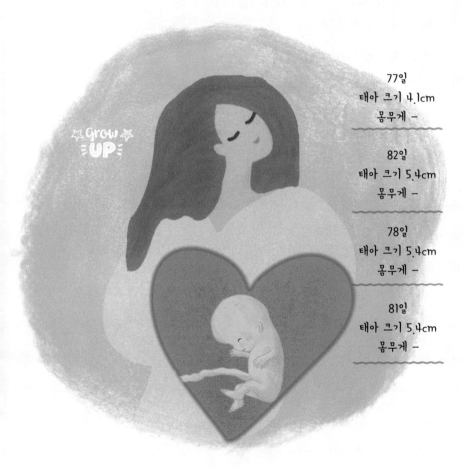

77일
태아 크기 4.1cm
몸무게 −

82일
태아 크기 5.4cm
몸무게 −

78일
태아 크기 5.4cm
몸무게 −

81일
태아 크기 5.4cm
몸무게 −

☆ grow ☆
UP

첫째 날 _77일째

오늘은 주일이어서 길벗교회에 모여 예배를 드렸단다. 보니까 너희들이 지금 감각을 느끼고 배우는 중이구나. 그런 육체적인 감각도 중요하니 잘 배우거라. 감각 중에서는 특히 영적인 감각도 중요하단다. '여인이 낳은 자 중 가장 위대한 세례 요한'처럼 모태에서부터 성령에 감동되어 영적 감각이 탁월한 사람이 되거라.

둘째 날 _78일째
아기가 보인다

딸내미   2주 차에 접어들었습니다. 초음파는 이미 여러 번 했고 … 다음 주 9월 9일 기형아 검사를 할 예정입니다. 의무적으로 해야 하는 가장 간단한 검사입니다.

외할아버지   성장정보를 보니 너희들이 벌써 1㎝ 이상 컸네. 날마다 순간마다 너희들을 위해서 기도를 해왔단다. 그동안 기도와 하나님의 은혜로 별 둘이의 장기나 모든 기관이 잘 성장 분리 발육을 해왔으니, 앞으로도 모든 것이 다 잘되고 좋을 줄로 믿는다. ~~

셋째 날 _79일째
외할아버지   앞으로 쉬~ 소리도 제법 들으며 자랄거다. ~~

딸내미   ㅋㅋㅌ

넷째 날 _80일째

외할아버지   별 둘아. 평생 동안 뛰는 심장, 힘차고 건강하게 오랫동안 뛰거라. 지금 엄마가 들으면 아주 빠르게 쌍둥이가 뛰는 것 이니까. 쿵쿵쾅쾅 쿵쿵쾅쾅 하고 들리겠지? ~~

다섯째 날 _81일째

장기들이 뱃속에 자리를 잡는다.

외할아버지   참 신기하네. 별 둘이가 아니었으면 모를 뻔 했네. 소장이 밖에서 회전하다가 뱃속에서 회전을 마치고 자리를 잡는다 니. 참 신기하다. 별 둘이의 소장도 자리를 잘 잡고 무탈하 게 활동도 끝까지 잘하거라.

딸내미   인체의 신비, 생명의 신비인 게지요.

외할머니   이 모든 과정에 하나님의 손길이 함께 하시길 …

여섯째 날 _82일째

두개골의 뼈가 자라 뇌를 보호하게 되어요.

외할아버지   별 둘아, 두개골 뼈가 잘 발달하여 뇌를 잘 감싸고 보호를 잘하거라. 뇌는 특히 중요한 부분이다. 뇌가 잘 발달하여 모 든 부분에서 부족함이 없이 탁월해지도록 하거라. 외할아버 지가 하나님께 기도하는 마음으로 너희들에게 하는 말이다.

별 둘이 12주째

" 따뜻한 엄마 몸이 좋아요. "

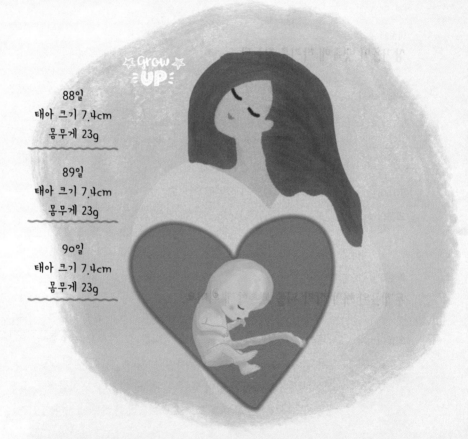

88일
태아 크기 7.4cm
몸무게 23g

89일
태아 크기 7.4cm
몸무게 23g

90일
태아 크기 7.4cm
몸무게 23g

따뜻한 엄마 몸이 좋아요.

딸내미 원래 주말에 하려고 한 1차 기형아검사를 오늘 하고 왔습니다. 우선 3일 사이에 아이들은 1cm씩 컸고 … , 목투명대 검사 무사통과(목투명대 3mm 이상이면 다운증후군 의심, 그러나 우리 아이들은 0.08mm로 판정), 뇌도 잘 있고 손발도 잘 만들어짐 … . 초음파 중에 한별이는 뒤집기를 하는 등 움직임이 아주 활발하네요. 한별이는 남자아이일 가능성이 높다는 의사 선생의 말씀이 있었고 … 샛별이는 상대적으로 움직임이 덜하나 그래도 열심히 꿈틀거림.

샛별이 성별은 아직 볼 수 없고, 정확한 성별은 10월 2일 병원 가서 확인 가능 ^^ 촘파 보면 진짜 움직임이 활발해 …

3일 사이에 1cm씩 크고 … 다 잉어즙* 덕분입니다. ^^

외할아버지 감사하고 기쁘네요. 우리 한별이와 샛별이가 건강하게 잘 성장하고 있다니. 별 둘이가 엄마의 양수 안에서 우주인이 우주에서 유영하듯이 그렇게 유영하면 팔 다리도 더 건강해 질 거고 재미도 있을 거야.

둘이서 재미있게 잘 지내도록 해요. ^^

외할머니 발가락은 누굴 닮았을까요? 앞으로 엄마 배가 요동치겠네요. 대명항 지금은 꽃게만 나온답니다. 참고하세요. ^^

---

*외할아버지가 그 먼 가락시장에 2번이나 가서야 구해온 잉어를 딸내미에게 고아줌. 그후 외할아버지 몸살남.

발가락이 생겼어요

외할아버지   별 둘아, 이제 발가락이 생겼다고 하는구나. 발가락도 잘 발
달해야 걷기도 하고 뛰기도 하고 수영도 할 수 있단다. 거기
서 걷거나 뛰지는 못하겠지만 수영은 할 수 있겠지? 수영을
하면서 발가락도 움직여 보고 걷는 연습도 해보면 재미도
있을 거야. 재미가 무엇인지는 아니? 해보면 재미가 무엇인
지 감이 올 거야. 재미가 무엇인지는 다음에 말해 줄게

외할아버지   별 둘아, 팔다리를 움직이면서 논다니 기쁘구나.
놀 땐 잘 놀아야 한다. 사람은 놀면서 배운단다. 둘이서 서
로 장난도 치면서 놀면 더욱 더 재미있겠지.
근육도 더 발달하겠고 뇌도 더 발달할 거야. 참, 어제 언급
했던 재미는 어떤 것을 행할 때 느끼는 즐거운 감정이야.

팔다리를 움직일 수 있어요.

딸내미   아마 오늘 7.4㎝ 넘었을 겁니다. 오늘부로 임신 13주째. ㅋㅋ

별 둘이 13주째

" 석 달째로 접어드네요. "

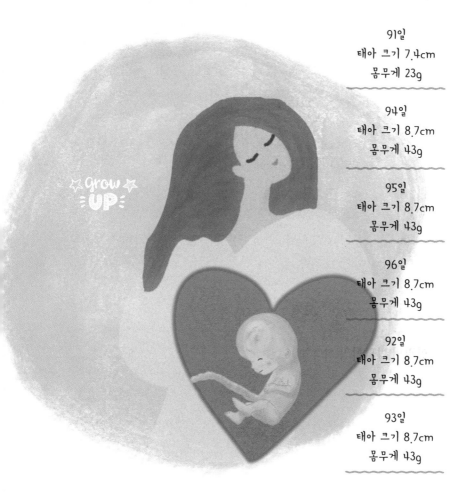

91일
태아 크기 7.4cm
몸무게 23g

94일
태아 크기 8.7cm
몸무게 43g

95일
태아 크기 8.7cm
몸무게 43g

96일
태아 크기 8.7cm
몸무게 43g

92일
태아 크기 8.7cm
몸무게 43g

93일
태아 크기 8.7cm
몸무게 43g

☆ grow ☆
UP

반사신경이 발달해요. 이목구비도 뚜렷해져요.

외할아버지　별 둘이가 제법 컸네. 반사신경도 잘 발달하거라. 그래야 운동이나 활동도 잘할 수 있고 위기 상황도 잘 극복할 수 있다. 이목구비도 뚜렷해야 아름답고 보기도 좋다. 두말할 필요 없이 뇌는 잘 발달해야 한다. 두뇌가 좋아야 성공할 수 있고 인류를 위해서 훌륭한 일도 할 수 있단다. 그러한 사람이 되기를 기대하고 기도한다.

딸내미　도곡함춘(병원)입니다. 김한나님 1차 산전기형검사 결과 저위험군입니다. 건강한 출산을 기원합니다.

외할머니　저위험군이면 기뻐하고 축하해도 되는 것이지?

딸내미　ㅇㅇ 근데 2차도 있음. 10월 2일에. ㅋㅋㅋ

외할머니　1차가 그렇다면 2차도 결과가 좋을 꺼고 즐거운 추석을 보내게 될 거야.

방광이 발달하기 시작해요.

외할아버지　별 둘아, 방광과 신장도 튼튼하게 잘 발달해야 한다. 아울러 전립선도. 외할아버지 나이 때는 건강이 1순위로 중요하단다. 그래서 너희들의 모든 장기와 기관이 잘 발달하기를 바라고 기도하는 것이란다.

막내 외삼촌	매일 짧게나마 삼촌이 모체와 태아 둘 그리고 매형 위해 기도합니다.
딸내미	모체는 나? ㅋㅋㅋ 감사합니다 우리 동생 ... 나는 근데 왜 벌써부터 허리가 아플까. ㅜㅜ
막내 외삼촌	살찌면 원래 그려.
	나도 독일에서 5kg 찌고 허리 아픔.
딸내미	아냐 살 때문이 아니야. ㅋㅋ ㅜㅜ
외할머니	주름도 생기고 할 건 다하네요. ㅋㅋ 어제 김치냉장고 들여오는 일이 이사만큼 힘든 작업이었소. 그 전날 장남 나라의 물건들 grundlich(철저하게) 청소! 이삿짐만큼 많이 버렸소. 어제는 사다리차까지 와서 베란다에 설치! 그것도 만만치 않았다고 함. 내부 청소와 몇십 개 용기 세척에 아빠는 입술이 터지셨음!
	이제는 무리하면 안됩니다. 그래도 한별 샛별 키울 기대에 행복해 하십니다. 그러고 보니 잉어부터 무리.

넷째 날 _94일째

혈액시스템도 이상 무!

외할아버지	별 둘아 혈액시스템도 이상 없이 잘 형성되어 작동한다니 기쁘구나. 아직은 혈액이 건강에 얼마나 중요한지 잘 모르겠지만, 나이들면 혈액이 건강에 대단히 중요한 것임을 알게 된단다. 혈액이 건강하면 다 건강하다는 말이 있을 정도다. 당, 콜레스테롤, 혈압 등 혈액과 관련된 수치들이 정상이

어야 건강에 이상이 없단다. 별 둘이의 혈액시스템도 건강하게 잘 발달하고 혈액도 평생토록 건강하기를 기도한다.

귀에 주름이 생겼어요!

외할아버지 별 둘아, 귀에 주름이 생겼다고 하는데 다 커가는 과정에서 일어나는 일이다. 아마 귓속에는 몸의 균형을 잡아주는 달팽이관이 있는데, 그것과 연계되어 귓속에는 귀에 주름이 잡히는지도 모르겠다. 아직 소리는 듣지 못한다고 하는데 주름이 생겨서 소리를 모으는 역할을 하는 것이 아닌지 추측해 본다. 중요한 것은 소리도 듣고, 말도 듣는 것인데 많은 사람들은 듣기는 하나 깨닫지 못하는 경우가 많다. 그런 사람을 영적인 귀머거리라고 한다.

외할아버지 우리 별 둘이는 앞으로 소리도 잘 듣고 말에 담긴 뜻도 잘 깨달아서 영적으로도, 지성적으로도 훌륭한 사람이 되면 좋겠어. 그렇게 되기를 기도한다.

딸내미 최서방 꿈에 남자아이 2명이 나타났다는데 …

외할머니 어찌될지 궁금하네.

신경계가 성장하는 단계!

외할아버지	별 둘아 잘 지내고 있니? 움직이며 장난도 치고 헤엄도 치니? 이제 신경계가 성장하는 단계에 와 있구나. 신경계는 몸의 안팎에서 생기는 모든 자극과 정보를 받아들이고 통합 처리 전달하여 적합한 반응을 일으키는 기관계라고 한다. 신경계는 뇌로부터 척추를 통하고 온몸에 거미줄처럼 퍼져있단다. 그러니 신경계도 굉장히 중요하다. 너희를 사랑하고 믿고 희망하는 외할아버지가 너희들의 뇌와 신경계가 다 잘 발달하기를 기도할게. 오늘도 엄마 안에서 행복한 하루를 보내거라.
막내 외삼촌	책(외손주 태교)은 언제 낼 겁니까? 수필집인가?
딸내미	ㅋㅋ
외할아버지	김 집사님(막내 외삼촌), 궁금해요? 아님 부러워요?
딸내미	ㅋㅋㅋㅋㅋ
외할머니	부러우면 어서 속히 분발하기를

투명대란 것이 있네요.

외할아버지	별 둘아 안녕! 금주에는 너희들의 머리가 더 둥그렇게 되고 목도 길어진다고 한다. 머리도 좀 크고 뇌도 잘 발달하고

목도 보기 좋게 길어지면 좋겠다. 목덜미에 투명대란 관이 있고 지금이 가장 투명할 때라고 한다.

사실 나도 목투명대가 있다는 것을 이번 너희들과 사귀면서 처음 알게 되었다. 그동안 과학과 의학이 발달하여 그렇게 된 것이지. 그 투명대에 염색체와 관련된 물질이 쌓인다. 많이 쌓이는 것은 좋지 않다고 하니 별 둘이는 조금만 쌓든지 하거라. 초음파 검사에서 많이 쌓이는 것이 발견되면 정밀검사를 해야 한다고 하니 말이다.

　외할아버지가 너희들에게 원하는 말은 하나님께 드리는 기도도 된단다. 그러니 마음 편하게 하고 거기서는 놀 것밖에 없을 테니까 둘이서 사이좋게 잘 놀도록 하거라. 사람은 어렸을 때 놀이를 통해서 배우기 때문이란다.

별 둘이 14주째

" 앗, 엄마목소리가 들려요. "

98일
태아 크기 8.7cm
몸무게 43g

101일
태아 크기 10cm
몸무게 70g

태반으로 영양을 섭취해요.

외할아버지 별 둘아, 이제는 너희들이 태반을 통해서 영양을 받아들여 성장하고 근육과 조직이 발달한다고 하는구나. 참 잘되었다. 태반은 엄마의 자궁 안에 들어가 붙어있지. 너희들이 자라는 동안 몸이 건조해지는 것을 막고 외부 충격과 추위와 열로부터 보호해 준단다. 그 자궁 안에는 양수가 가득 차 있고, 너희들은 그 안에 떠서 움직일 수 있다. 초음파 사진으로 보니까 몸을 뒤집기도 하고 그러더구나.

이 태반은 너희들의 배에서 나와 있는 탯줄의 끝이 작은 흡입판처럼 붙어있다. 태반에는 미세한 동맥과 정맥이 들어있고, 탯줄을 통해서 너희들의 동맥과 정맥이 태반에 연결되어있다. 피에 녹아있는 엄마의 영양소와 산소를 그 핏줄을 통해서 영향을 공급받아 너희들의 실핏줄이 빨아 당겨서 자라고 성장하게 된다.

노폐물은 다시 모체의 핏줄을 통해서 내보내진다고 하는구나. 이렇게 물질이 교환되어 너희들이 살고 자란단다. 너희들의 생명과 자람의 모든 것이 이렇게 엄마의 은혜와 밀접하게 결합되어 있구나. 엄마가 얼마나 고맙니. 정말 고맙지? 엄마에 대해 감사함으로 지내거라.

딸내미 하루가 기네. ㅋㅋㅋ 내 배는 하루 사이에 더 나온 느낌. 요즘 매일 밤마다 깨고 허리통증 때문에 2시간씩은 잠 못 이

루는 사이에 배는 ... 그래도 나오는 거 보니 아기들이 잘 크
고 있는 듯.

외할머니   별 둘이 엄마가 고생이네. ㅠㅠ

셋째 날 _100일째
목도 엄마처럼 모양 나게 길어져요

딸내미   5일 연속 설사까지. ㅠㅠ 오늘 병원에 가보려구

외할머니   그랬구나. 병원 잘 다녀오시게. 직장에는 갔고? 우리는 할
아버지 할머니 산소에 다녀온다. 너희 집 가는 길로 쭉 가
면 된다.

딸내미   당근 출근했지요. 산소 잘 다녀오세요. 김나라 2년 연속 함
께 해 장남 노릇하고 있네. ^^

외할아버지   별 둘아 그동안 좀 바빴다. 너희들에게 글로 이야기하는 것
도 하루 이틀 걸렸구나. 오늘 너희 큰 외삼촌이 독일로 떠
났다. 방학 중에 시간을 내어 3주 동안 집에 와 있었단다.
이젠 좀 차분하게 너희들과 대화를 할 수 있겠구나. 목도
길어지고 점점 더 사람의 형태를 띠게 된다고 하는구나. 갑
상선도 자리를 잡고 신장도 활동을 하면서 노폐물을 제거
하는 기관도 조금씩 길어진다고 하네. 이런 장기들과 갑상
선들이 잘 발달하고 성장해서 활동도 잘하기를 바래. 형태
도 반듯하게 갖추어야지. 근데 엄마가 6일 동안 설사를 한

다는데 힘들 거야. 너희들한테 영양도 잘 가는지 궁금해진
다. 하나님께서 너희 엄마를 지켜주셔서 설사도 멈추고 식
사도 잘해서 너희들에게 영양을 공급하는데 차질이 없도록
기도한다. 건강하게 잘 지내요.

외할머니   조금 있으면 샛별이도 정체를 드러내겠네. ~~

넷째 날 _101일째
앗, 엄마 목소리가 들려요!

외할아버지   별 둘아, 조그맣던 너희들이 벌써 10㎝나 컸네.
청각도 발달하여 엄마 아빠의 소리를 듣고 반응도 한다네.
어때 엄마 아빠 소리 듣기 좋아?

외할아버지   아마 처음 소리를 들었을 때는 신기하고 놀랍기도 했겠네.
아무도 없는 데서 갑자기 소리가 들리니 말이다. 너희들이
엄마의 소리를 듣고 반응하는 것이 꼭 보이지 않는 하나님
의 세미한 음성을 처음 듣는 어른들과 비슷한 경험인 것 같
아. 너희들도 첫 경험을 소중하게 간직하고, 나중에 커서
하나님을 믿게 될 때, 그분의 세미한 음성을 듣게 될 때, 이
것을 기억하면 놀라운 은혜에 빠지게 될 거야.
참, 엄마의 소리 가운데 아무래도 사랑에 가득한 소리, 노
랫소리, 찬송소리, 기뻐하는 소리가 듣기 더 좋지?
그러면 외할아버지가 엄마한테 그렇게 하라고 이야기해 줄
께. 그런데 엄마가 너희들에게 종종 클래식 음악이나 찬송

곡을 틀어 주니? 클래식과 찬송곡을 많이 듣는 것이 너희들의 심성의 순화와 발달에도 도움이 많이 될 꺼야. 거기서 좋은 소리, 좋은 음악, 기쁨의 찬송을 많이 들으면서 행복하고 즐겁게 지내도록 하거라. 어제 독일로 출발한 큰외삼촌이 무사히 프랑크프르트에 도착해서 기차를 갈아타고 뮌헨 집에 잘 도착했다고 하는구나.

딸내미 모짜르트를 듣기 시작했어요. ^^ 찬송은 교회에서. ㅋㅋㅋ

외할머니 우리 한나 잘했어요. ~~

큰 외삼촌 Mozart effect(모짜르트 효과)도 있지만 Bach effect(바흐 효과)도 만만치 않을 걸?

일곱째 날 _104일째
태반이 성장을 위해 만반의 준비를 해요.

외할아버지 별 둘아 안녕. 우리는 지난 밤 잘 자고 이제 새 날이 되었다. 하루는 24시간이고 낮과 밤으로 이루어져 있다.
낮에는 활동하고 밤에는 잔단다.

외할아버지 거기서는 이런 구별이 없겠지? 그래도 너희들도 자고 깨니? 이제 10㎝ 정도 커서 점점 더 많은 영양소들이 필요하겠네. 고맙게도 너희들을 에워싸고 있는 태반이 10㎝ 빠른 속도로 커지면서 너희들에게 필요한 영양소를 제공하기 위하여 만반의 준비를 한다는구나.
참, 고맙지? 너희들이 활동하며 사용하는 에너지는 포도당

인데 엄마의 혈류를 타고 태반을 통해서 너희들에게 전달 된다고 해요. 너희들의 몸과 장기와 기관 그리고 세포벽을 형성하고 성장시키기 위해 지방이 필요한데, 그것은 며칠 뒤부터 태반에서 섭취한다는구나.

지난번에 큰외삼촌이 집에 왔다가 다시 독일로 떠났다고 했지. 그 외삼촌 말고도 외삼촌이 둘이 더 있어. 아마 너희들을 무척 사랑할 거야. 기대해도 될 거야.

오늘 한 친구가 신약의 구원론과 구원의 확신에 관해서 신약학 교수였던 외할아버지에게 질문한 것들을 대답해 주어야 한다. 만나서 이야기하면 쉬운데 글로 간단히 써서 문자로 보내달라고 했어. 그런데 그 질문에 대한 답을 쓰는 게 간단하지 않아. 어제부터 썼는데 오늘 마지막 부분을 써 줘야해. 또 내일 해야 할 설교도 작성해야 하고. 그래서 이만 별 둘이에게 작별을 하려고 해요. 안녕! 별 둘아. 사랑해요!

딸내미	낼 설교 재목은?
외할머니	'생명을 아끼지 않는 자들.'
딸내미	헤비하군.
외할머니	요즘 아빠가 별 둘이를 위해 기도하면서 생명에 대한 신비에 더 경탄하고 있음. 분명히 책 내실 거 같아. 2년 후에는 육아책! 참 좋은 선물인 거 같아, 생명이란게.
딸내미	맞앙. ㅋㅋ
외할머니	한나가 복 받은 거지.

별 둘이 15주째

" 손가락이 열 개나 되어요!"

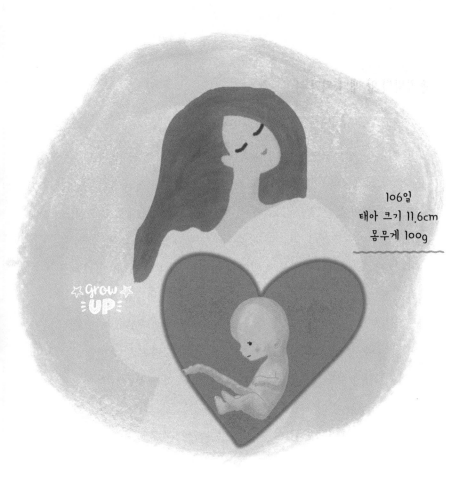

106일
태아 크기 11.6cm
몸무게 100g

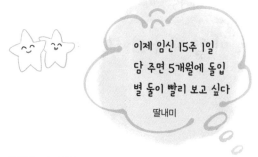

이제 임신 15주 1일
담 주면 5개월에 돌입
별 둘이 빨리 보고 싶다

딸내미

손가락이 열 개나 되어요!

별 둘아, 잘 지냈지?

한 주 동안 제법 커서 이젠 11㎝쯤 되는구나! 앞으로 한 주에 평균 1㎝ 이상 크겠구나. 이젠 손가락도 열 개로 분화되고 조금씩 길어진단다. 손가락이 짧은 것보다는 긴 것이 보기도 좋고 손재주도 좋다. 너희들의 손가락도 가장 아름답고, 손재주도 좋게 되기를 바래.

이젠 손도 오무려서 주먹도 쥐었다가 펴기도 할 수 있다며? 엄지손가락도 빨 수 있다고 하는데, 너무 많이 빨지 않는 것이 좋아. 태어나서도 버릇이 되어 빠는 아이들이 있는데 입술도 튀어 나오고 치아 모양도 안 좋아지더라고. 또 발가락도 길어지고 발 모양도 형태가 잡히고 발을 움켜질 수도 있다고 하네. 그런 운동들은 하는 것이 좋지.

거기서는 남는 것이 시간이니 할 수 있는 운동들도 하고 둘이서 장난도 치면서 지내면 근육은 물론 뇌도 발달하게 된단다. 앞에서 말한 아이들은 놀이를 통해서 배우니까 말이야. 벌써 밤이니까 이젠 하루를 정리하고 잘 시간이야. 너희들도 잘 자거라. 안녕. 별 둘아. 사랑해요.

셋째 날 _107일째

신경이 척추와 연결이 되어요

별 둘아, 잘 지내고 있지? 둘이서는 서로 연락도 하고 장난도 치나?

성장정보에 의하면, 이젠 척수가 형성이 되고 거기서 신경이 나와 척추골과 연결이 된다고 하네. 척추도 튼튼하고 척추골도 잘 형성되어 평생 건강하게 몸을 지탱하여야 한다. 물론 신경도 잘 퍼져서 모든 정보가 잘 전달되어야 할 것이야.

이것도 너희들이 하고 싶거나 되고 싶다고 되는 것은 아니지. 하나님께서 다 형태와 장기와 척수가 언제 형성되기 시작해야 하는지 인간 창조 때 넣어놓은 디엔에이(DNA) 정보에 따라 되어간다고 할 수 있다. 그러니 하나님께서 별 둘이의 모든 형태와 장기와 기관, 신경과 세포 전체의 형성과 성장에 세심하게 개입하셔서 가장 아름답고 가장 건강하고 가장 좋게 만들어 달라고 간구할 뿐이야. 또 그렇게 해 주실 줄 믿어.

오늘도 주 안에서, 엄마 뱃속에서 잘 쉬도록 해요. 샬롬!*

---

*참 샬롬은 히브리어로 평안, 평화, 평강을 의미한다. 만나거나 헤어질 때 "안녕 하세요?", "안녕히 계세요"라는 인사말이다. 나는 하나님의 평안, 평화, 평강이 너희에게 있기를 바라는 마음으로 이 인사말을 사용한다.

엄마의 D라인, 아름답다!

별 둘아 잘 지냈니? 참 신기하고 감사하지? 너희들이 운동하고 성장하는데 비좁지 말라고 엄마의 자궁이 스스로 커진다고 하네. 이제 엄마를 옆에서 보면, 영어의 D자처럼 배가 불러와서 D라인이 되는 것이지. 그렇지 않고 비좁아서 너희들이 커가면서 자궁을 넓히려면 여간 힘들지 않을 거야. 엄마 참 고맙지?

엄마가 그렇게 되도록 창조하신 하나님께 무척 감사하지? 늘 엄마와 하나님께 감사하는 별 둘이가 되거라. 감사하면, 마음이 넓어지고 훈훈해지고 행복하게 된단다.

주님의 샬롬이 너희들에게 항상 함께 하길 빈다.

엄마, 여기서 쉬해도 괜찮아요!

별 둘아, 잘 잤니? 어제는 하루 종일 설교를 준비하느라고 글을 쓰지 못했구나. 양해할 줄 믿는다. 그동안 너희들이 잘 자라서 11㎝도 넘었고 몸무게는 대망의 100g을 넘었구나. 아무탈 없이 잘 자라주어서 고맙다.

이제부터 너희들이 소변을 보기 시작한다는구나. 너희들이 엄마로부터 받아먹은 것들이 너희가 자라는 영양소가 되고 나머지 노폐물을 소변으로 배출하는 것이란다. 그 소변은 엄마의 양수에서 걸러지고 엄마의 몸에 흡수되고 혈액을 통하여 콩팥으로 간 다음 밖으로 배출된단다. 엄마의 몸은 너희들의 모든 것, 소변까지도 마다하지 않고 받아드리니 얼마나 아름답고 감사하냐?

너희들의 감사가 엄마를 기쁘게 할 꺼야. 엄마의 뱃속에서 감사하면서 마음껏 움직이며 지내길 바래. 이젠 샬롬이란 말 알지? 그럼 샬롬!

별 둘이 16주째

" 넉 달째로 접어듭니다. "

115일
태아 크기 13cm
몸무게 160g

116일
태아 크기 13cm
몸무게 160g

여기가 행복한 수영장이에요!

별 둘아 잘 지냈니? 지금 한민족은 최대 추석 명절을 보내고 있단
다. 어제 외갓집 식구들이 모여 즐거운 시간을 보냈지. 명랑한 웃음소
리가 많이 들리지 않던? 외할머니가 유머를 많이 날리고 거기에 여러
형제들이 맞장구를 치다보니 웃음소리가 커졌다. 웃음소리는 너희들
에게도 심성 발달에 좋은 영향을 미칠 줄 믿는다.

참 너희들이 호흡을 한다고 하는데 우리들과는 좀 다르게 한단다.
우리는 공기를 마시고 내뱉는데 너희는 양수를 마시고 내뱉는다고 하
는구나. 하여튼 호흡도, 심호흡도 해야, 허파가 더 잘 발달할 줄 믿는
다. 거기서도 둘이서 호흡도 열심히 하고, 심심하면 하품도 하고 그러
면 둘이서 재미도 있을 거야. 잘들 지내요.

이젠 손가락도 빨아요.

별 둘아 잘 지냈니? 오늘 기분은 어떻니? 이젠 손이 몸과 균형을 이
룰 정도로 자랐고 손을 얼굴에 가져갈 정도가 되었구나? 그 정도가 되
어야 나중에 세수도, 면도도 하고 머리도 빗고 손으로 몸을 가꿀 수 있
지. 때로는 엄지손가락을 빨기도 한다는데 빨구 싶어서 그렇게 하는

지 자동적으로 그렇게 되는지 아직은 모른다는데 어떠냐? 궁금하구나. 하여튼 하고 싶으면 하거라.

오늘은 외할아버지 69회 생신이다. 너희 아빠와 엄마, 외할머니와 막내 외삼촌이 전경련회관 50층에서 함께 식사했단다. 너희 아빠 엄마가 외할아버지 할머니를 대접하고 선물도 주었다. 거기서 먹은 스테이크가 내가 지금까지 먹어본 것 중 제일 맛있더구나. 전망도 참 멋있었다. 나중에 너희들이 좀 크면 한번 데리고 가서 구경도 시켜주고 식사도 하고 싶더구나. 기대해도 좋다. 이제 너희들도 잘 시간이다.

주님 안에서 행복한 잠을 자거라. 샬롬!

여섯째 날 _117일째
심장이 엄마보다 빨리 뛰어요.

외할아버지와 할머니가 최장의 명절 연휴에 거의 매일 약속이 있어서 피곤했던 모양이다. 외할아버지는 오전에, 외할머니는 오후에 쉬었단다. 명절 연휴, 이렇게 쉬지 않으면 명절 후유증이 생겨 아프다고 하는구나. 아마 아빠와 엄마도 많이 피곤하실 거다. 오늘 내일은 쉬면서 몸을 추슬러야 할 거야.

너희들은 어떠니? 너희들도 좀 쉬기도 해야 몸이 상쾌하지 않겠니?

너희들의 심장 박동이 5주 이전이 가장 빠르다고 하는구나. 그때 초

음파(청진기)로 소리를 들으니 두 명이기 때문에 쿵쾅쿵쾅이 아니라 쿵 쿵쾅쾅 쿵쿵쾅쾅 한다고 했었지. 이제는 심장을 통제하는 신경도 성 숙해지면서 박동이 점점 느려지지만 그래도 어른들보다는 거의 두 배 는 빠르다고 하는구나. 심장도 건강하게 힘차게 잘 뛰기를 바란다. 지난 번에 이야기했듯이 폐활량도 크면 좋단다. 그렇게 되기를 희망한다.

오늘도 즐겁고 행복하게 잘 지내기 바라며, 샬롬!

별 둘이 17주째

" 감정을 느낄 수 있어요. "

119일
태아 크기 13cm
몸무게 160g

122일
태아 크기 14cm
몸무게 190g

120일
태아 크기 14cm
몸무게 190g

121일
태아 크기 14cm
몸무게 190g

124일
태아 크기 14cm
몸무게 190g

125일
태아 크기 14cm
몸무게 190g

123일
태아 크기 14cm
몸무게 190g

☆ grow ☆
UP

감정을 느낄 수 있어요.

별 둘아, 그동안 잘 지냈니? 토요일은 명절 연휴 휴유증도 있어서 좀 피곤했고, 또 하루 종일 설교를 준비하느라, 너희들과 대화도 나누지 못했다. 오늘은 주일, 교회에서 예배를 인도하고 집에 돌아와서 쉰 후에야, 글을 쓴다.

너희들이 제법 커서 평균 키가 13㎝가 되었고 몸무게는 160g쯤 된다고 한다. 그동안 무탈하게 자라서 기쁘다. 이젠 혈액공급도 활발해진다는구나. 혈액을 통해서 성장에 필요한 영양이 공급되고 신체 모든 부위에 전달된다. 그런데 피부 아래에 지방과 살이 아직 축적되지 않아서 피부가 투명하고 혈액의 통로인 혈관이 다 보이고, 초음파 검사로 그 혈관을 볼 수 있다는구나. 신기하고 앙증맞겠구나. 또한 이제 너희들이 감정을 느낄 만큼 뇌가 발달했다고 하는구나.

사랑, 기쁨, 행복, 만족, 슬픔 등의 감정들이 있는데 너희들은 엄마의 뱃속에서 좋은 감정들을 많이 느끼면 좋겠어. 이미 엄마 아빠가 너희들을 위해서 음악도 들여주고 성경도 읽고 사랑의 대화도 하고 찬송도 할 거야. 그리고 마음을 올바르게 가지고 감사와 사랑을 많이 표현할 거야. 이런 태교가 너희들의 뇌에 많은 자극을 주어 뇌를 발달시킨다고 하는구나.

외할아버지도 이렇게 글을 쓰며 텔레파시로, 마음의 소리로 태교를 하는 셈이 된다. 너희들의 두뇌가 많이 발달하여 앞으로 교회와 나라, 인류의 발전과 평화, 행복을 위하여 크게 기여하는 훌륭하고 위대한 인물이 되었으면 하는 마음이다. 이 마음을 하나님께 기도로 아뢴단다. 하나님께서 그렇게 인도하실 줄 믿는다.

오늘도 하나님과 엄마의 품 안에서 편안히 쉬길 바란다. 샬롬!

둘째 날 _120일째
이젠 태반보다 더 커요!

별 둘아, 잘 지냈지? 이젠 너희들이 쑥쑥 자라는구나. 한 주마다 키는 1㎝, 몸무게는 30g 이상이 는다. 너희들이 엄마로부터 영양을 공급받는 태반보다 너희들의 몸무게가 더 무거워졌다고 한다. 너희들이 성장하는데 필요한 모든 영양소는 태반을 통하여 엄마로부터 계속 받게 될 것이다. 그런데 이제부터는 너희들도 췌장에서 인슐린을 생성하고 분비해서 성장을 조절한다는구나. 췌장의 인슐린 생성과 분비는 할아버지처럼 나이가 들어서도 굉장히 중요하다. 그것이 잘 안되면 당뇨병이 생긴다. 당뇨가 심해지면 여러 가지 합병증이 생겨 생명을 위협하기 때문에 당뇨는 아주 주의해야 할 성인병 중의 하나란다.

할아버지도 당이 높아 계속 운동을 해야 하고 식사도 소량으로 하면서 관리하고 있다. 의사 선생님도 당 관리를 아주 잘하고 계신다고 하더라. 너희들은 췌장도 튼튼해서 오랫동안 아무 이상 없이 인슐린을 생성하고 분비해서 성장도 잘 조절하고 당도 잘 조절해서 성인병도 없이 평생 건강한 생활을 하기 바란다.

"주님, 별 둘이의 췌장을 튼튼하게 해 주세요. 하나님께서 정하신 대로 인슐린을 끝까지 잘 분비하게 해 주세요. 주님께서 원하시는 만큼 아름답게 성장하게 해 주세요." 너희들을 위하여 하나님께 올린 기도란다.

오늘부터 엄마가 너희들에게 외할아버지의 글을 읽어주기로 했으니 더 잘 쓰려고 한다. 그래서 기도도 포함시켰다. 엄마가 읽는 할아버지의 글을 듣고 주님 안에서, 엄마 품 안에서 편히 잘 자라거라. 샬롬!

셋째 날 _121일째
저희가 투명인간이래요.

별 둘아, 안녕~. 잘 지냈지? 지난번에 너희들이 투명해서 혈관까지 보인다고 했는데 이제는 전체적으로도 그러니까 아예 투명인간이라고까지 하는구나. 보기가 얼마나 예쁠지 상상이 안되는구나! 아, 나도 옛날 너희들 만할 때에는 투명인간이었겠구나. 지금은 투명하지는 않지만. 그래도 핏줄은 보여. 아마 하나님께서 나를 보실 때에는 너희들처럼 감출 것 없이 발가벗은 몸으로 아주 투명하게 보일 것 같구나.

하나님 앞에서 생각하는 것과 마음가짐이 아름답고 좋아야 하겠다. 너희들도 이 할아비의 생각을 잊지 말고 잘 간직하고 살면 행복하게 될 것이야. 이젠 너희들의 몸이 급격한 변화를 거친다고 한다. 장기와 기관의 세세한 부분까지 발달하기 시작한다니까 시작이 중요하고 세미한 부분도 중요하니 잘 발달하거라. 하나님께서 그 세미한 부분까지 간섭해 주셔서 흠결 없이 아름답고 건강하게 발달하기를 기도한다.

이제 너희들의 움직임도 활발해진다고 하네. 할아버지가 전에 너희들에게 잘 움직이고 운동도 많이 하고 장난도 재미있게 하라고 했지? 그렇게 하고 있는 것 같구나. 엄마가 너희들이 움직이는 것이 꼼지락 꼼지락하는 것으로 느껴지는가 봐. 매우 행복해 하는 것 같다.

그러니 너희들 쉬거나 잠자지 않을 때는 열심히 움직이면서 운동도 하고 장난도 치고 둘이서 시합도 하고 그렇게 하거라. 그런데 너희들 함께 자라는 것을 감으로나 소리로 느끼지? 말로 못하니까 텔레파시로 서로 연락도 하고 그렇게 해. 그러면 발육도 좋아지고 잘 성장하고 두뇌도 활성화되어진다네.

아직 지문은 없어요.

별 둘아 잘 지냈지? 어제 운동을 많이 해서 피곤하니? 오늘은 별로 안 움직인다고 하는구나. 별 일은 없지?

오늘은 할아버지가 한 교회 청년을 장애인 치과병원에 데리고 갔다 오느라고 한나절을 보냈단다. 검진해 보니 거의 모든 이가 치료해야 할 만큼 상태가 좋지 않았다. 뽑아야 할 이도, 때워야 할 이도, 신경치료 해야 할 이도, 덧씌워야 할 이도 있다. 치료하기 전에 혈압과 혈당을 알아야 한다고 해서 교회 근처의 내과에서 검사를 했다. 혈압은 정상이고 혈당 결과는 내일 나온다고 한다. 치아관리나 건강관리를 하지 않으면 이렇게 고생도 하고, 고통스럽기도 하고, 재정 문제도 생기더구나. 청년을 돕는 일 때문에 오늘도 저녁 후에야 너희들과 소통을 한다. 앞으로 너희들 치아는 물론 혈액을 위시한 건강관리를 잘하도록 하거라. 앞으로 날 치아를 위해서 손가락 빠는 것 너무 많이 하지 말거라. 그래야 치아가 예쁘게 가지런히 나와 오랫 동안 유지하고, 치아가 좋아야 장수할 수 있다.

너희들은 오래 오래 장수하면서 주위의 어려운 사람들도 잘 돌볼 수 있으면 좋겠구나. 지금 너희들의 발바닥과 발가락 아주 앙증맞게 예쁘겠다. 투명하기도 하고. 손가락 끝과 발가락 끝에 살이 오동 통통

오른다니 보기도 좋겠구나.

아직 지문은 없다고 하는데, 지문은 손가락과 발가락에 가느다란 주름처럼 동글동글하게 나 있단다. 지문도 사람마다 다 다르다. 그래서 그 지문으로 사람을 식별하기도 하지. 주로 수사관들이 사람들이 물건에 남긴 지문을 채취해서 사용한단다. 지문에 대해 궁금하면 커서 알아보면 된다.

오늘은 이만 하고 주님 안에서, 엄마 품(배) 안에서 잘 쉬거라. 샬롬!

다섯째 날 _123일째
숨 쉴 수 있도록 폐가 발달해요.

별 둘아 잘 지내지? 오늘은 폐가 어떻게 발달하는지에 대하여 이야기하게 되는구나. 지금(18주?)부터 28주까지 허파꽈리가 달린 기관지가 많이 생긴다고 해요. 지금은 엄마 뱃속의 양수에 들어 있어서 양수를 들이마시고 내뱉고 하겠지만, 태어나면 공기 속에서 호흡을 해야 한다. 공기를 허파로 들이마시고 내뱉고 하는 식으로. 호흡을 잘하는 것이 건강에 매우 좋다. 그러니까 거기서도 숨 쉬는 연습을 계속 해야 할 거야. 가능한 한 심호흡을 하듯이 깊이 들이마시고 다 내뱉고 깊이 들이마시고 다 내뱉고 하거라.

할아버지는 오십 살 넘어서도 건강을 위해서 자전거를 많이 탔단

다. 한강, 북악 스카이웨이, 안면도, 제주도, 남한, 중국 동북3성 그리고 이스라엘을 자전거로 다녔다.

고개나 언덕을 올라갈 때 전력을 다해서 올라간다. 그때 호흡은 청년시절 축구 시합을 할 때처럼 격렬해진다. 그러면 마치 20대 청년처럼 젊어지는 느낌이 든단다.

건강검진 때 간호사가 "교수님은 폐활량이 어떻게 그렇게 크세요?"라고 놀라더구나.

그러니까 너희들도 엄마의 뱃속에서도 운동도 하고, 놀이도 하면서 폐활량이 커지도록 심호흡하며 숨쉬는 운동도 많이 하거라. 그런데 엄마의 이야기가 한별이는 밤에 꼼지락거리고 또 샛별이는 아침에 꼼지락거린다고 하니, 너희들이 운동하며 활동하는 것은 분명하구나. 그런데 시간을 달리해서 그렇게 하니 좋기는 한데 엄마가 좀 힘들어 하는 것 같다. 너희들은 형제니까 같이 운동하고 놀고 장난도 치고 호흡운동도 하고, 같이 쉬고 자고 하면 어떻겠니? 혼자 노는 것보다 같이 놀면 서로 배우는 것이 많을 텐데 말이야. 사람은 놀이를 통해서 배우니까 잘 생각해서 결정하도록 하거라.

오늘도 주님 안에서, 엄마 품 안에서 잘 쉬도록 해요. 주님의 샬롬을 기원한다. 별 둘아, 빠이빠이~

오늘 놀았어요.

별 둘아 잘 지냈니? 너희들이 제법 자라서 태반보다 커졌다고 한다. 너희들을 보호하고 있는 자궁도 커져서 이젠 엄마의 배가 둥글게 솟아 나왔어요. 너희 둘이가 들어가 있으니 엄마 배는 다른 엄마들보다 더 커지고 더 불룩할 거야. 이때부터 아기들은 매우 활발하게 움직이고 엄마들은 잘 느끼지는 못한다고 해요. 그런데 너희들은 벌써 활발하게 움직여서 엄마가 그것을 꼼지락거리는 것으로 느끼면서 행복해하고 있으니 기쁘고 감사하다. 내가 너희들에게 운동도 많이 하고 잘 놀고 많이 움직이라고 했는데 잘하고 있는 것 같다. 그래야 건강하고 발육도 좋고 두뇌도 발달한다고 했으니 그리 알고 적당하게 혹은 열심히 하거라. 시간대도 서로 맞추어서 하라고 했는데 서로 의논은 해봤니? 그래야 엄마가 힘이 덜 드니까 말이야. 하여튼 둘이 엄마 뱃속에서부터 형님 먼저 아우 먼저 하면서 형제우애를 잘 나누며 서로 사이좋게 지내도록 하거라. 형제우애는 베드로후서 1장 4-7절에서 8가지의 신성한 성품 가운데 하나로 강조되고, 세상의 모든 혈연공동체에서도 사람이 가져야 할 중요한 덕목이다.

오늘도 잘 자요. 안녕~~. 주님이 지켜주시기 바란다.

사진으로 팔다리가 보여요.

별 둘아, 오늘은 초음파 사진으로 너희들의 팔과 다리를 볼 수 있었다고 한다. 형성된 팔과 다리도 점점 더 성장하고 있고 귀가 부드러운 연골로 이루어져 있어 5주 뒤면 엄마 아빠의 목소리를 들을 수 있게 된다는구나.

외할아버지가 지금까지 한 말들은 귀로는 들을 수 없었지만, 내가 말했듯이 텔레파시로 전해질 수 있으리라고 믿는다. 기도를 통해서 하나님께서 우리들의 의사소통에 역사하실 줄 믿는다.

성경에 보면, 메시야 예수님의 길을 예비한 세례 요한은 모태에서 성령에 충만했다고 하니, 너희들도 세례 요한처럼 모태에서 성령에 충만했으면 좋겠구나. 그러한 세례 요한은 여인이 낳은 사람들 중에 가장 큰사람이었으니 하나님 나라를 위해서 너희들도 그렇게 큰사람이 될 수도 있다. 할아버지는 그렇게 기도하마.

사랑하는 별 둘아, 오늘도 주님 안에서, 엄마의 품 안에서 잘 쉬거라. 샬롬!

별 둥이 18주째

" 우린 둘 다 사내에요. "

126일
태아 크기 14cm
몸무게 190g

127일
태아 크기 15m
몸무게 240g

128일
태아 크기 15cm
몸무게 240g

130일
태아 크기 15cm
몸무게 240g

131일
태아 크기 15cm
몸무게 240g

132일
태아 크기 15cm
몸무게 240g

우린 둘 다 사내에요.

별 둘아, 오늘은 주일이란다. 길벗교회에 외할아버지, 할머니, 엄마와 아빠, 막내 외삼촌, 친척과 친구, 교회식구들이 모여 기쁨과 감사로 하나님께 예배를 드렸단다. 할아버지가 '하나님 품으로 점프하기'란 제목으로 설교를 했단다. 하나님의 놀라운 사랑과 구원의 은혜와 보살펴 주는 은총이 얼마나 큰지 말로 다 표현할 수 없구나. 이러한 은혜와 은총, 사랑이 너희들에게도 잘 전달되면 좋겠다. 이제는 초음파 영상으로 너희들의 성별을 구별할 수 있다고 하는데 너희들은 벌써 얼마 전에 남자 아이로 판명이 났었단다.

너희 둘은 형제다. 먼저 태어나는 아이가 형이 되고 후에 태어나는 아이는 동생이 된다. 너희는 쌍둥이니까 형 아우 구별이 큰 의미는 없으니 먼저 나와 형이 되려고 싸우지는 않겠지?

형제에게는 형제우애가 가장 아름다운 미덕이 되니까 형제우애가 돈독하길 바란다. 형님 먼저 아우 먼저 하는 돈독한 형제우애가 평생을 지속하도록 하거라. 세상의 모든 엄마 아빠는 형제가 서로 우애롭게 지내는 것을 가장 기뻐한다. 그 점을 명심하거라.

너희들은 남자 아이라서 전립선이 생기고 또 하루가 다르게 무럭무럭 자란다니 기쁘다. 전립선도 튼튼하여 외할아버지와는 달리 평생을 전립선 약을 먹지 않고 살기를 기원한다. 주님께서 너희들에게 평안을 주시기를 기도한다.

오늘도 주님 안에서, 엄마의 태 안에서 잘쉬거라. 안녕.

둘째 날 _127일째
성장하는 것 느끼지요? 엄마

별 둘아, 안녕. 이번 주에는 키도 1㎝ 더 크고 무게는 50g 더 무거워졌다. 중간 크기의 바나나 정도가 되었다. 앞으로는 점점 더 빠르게 큰다고 한다. 엄마는 너희들이 성장하는 것을 느낄 수가 있다고 해요.

어제 엄마를 교회에서 만났어요. 배가 많이 나왔고 걷는 것도 일자걸음이 아니라 약간은 팔자걸음을 하더라.

너희 둘이 커가고 무거워지면서 골반을 조금씩 압박하는가 봐. 지금 너희들은 배 가운데로부터 나온 탯줄로 엄마의 태반에 단단히 붙어있는 상태로 양수에 둥둥 떠서 움직이기도, 운동이나 활동도 하고 있다. 마치 우주인이 우주선 밖에서 우주복에 줄을 매단 것처럼 말이야. 지금 있는 그곳이 너희들이 활동하고 쉬고 성장하는 데 가장 안전하고 가장 좋은 장소임은 틀림이 없다.

사랑한다. 별 둘아, 잘 쉬고 건강하게 활동하면서 행복하게 지내도록 하거라. 안녕!

이젠 딸꾹질도 해요.

별 둘아, 잘 지내지? 엄마 이야기를 들으니 너희들이 할아버지의 말씀을 잘 들어 같이 움직인다고 하는구나. 그래. 그렇게 같이 활동하고, 움직이고, 쉬는 것이 엄마에게도 편하단다.

이제 너희들이 같이 놀거나 움직이는 것이 서로 의사소통이 되어서 그렇다면 아주 좋은 것이다. 아마 너희들도 서로 저쪽에서 누군가 나처럼 움직이는 아이가 있다는 것을 어렴풋이 느낄 수 있을 거야. 움직이면 파장으로 전달이 되니까. 파장의 전달이 오고 가면 너희들의 감각도 더 예민해져서 좋을 거야. 한 가지 문제는 서로 활동 시간이 다르면 쉬는데 서로 방해가 되어서 좋지 않다는 점이다. 그렇지 않겠니?

앞으로는 쭉 그렇게 같이 쉬고 같이 깨서 활동하거라. 너희들과 엄마에게 두루 다 좋을 것이다. 그런데 너희들이 엄마가 자야 할 밤에 활동을 많이 한다고 하네. 그러면 나중에 키울 때 엄마 아빠가 더 힘들어한단다. 이제 너희들도 활동하는 시간을 조금씩 바꿔서 엄마와 아빠처럼 낮에 활동하고 밤에 쉬도록 맞추어 보렴. 그러면 엄마 아빠가 힘이 덜 들게 된단다. 내 말이 이해가 되지?

성장정보를 보니 이젠 딸꾹, 딸꾹 하는 딸꾹질도 한다고 하네. 딸꾹질은 횡경막이 발달하거나 위가 성장하면서 생기는 것으로 추정하고 있다. 그러니 생리현상이라고 생각하고 염려하거나 두려워하지 말아

라. 횡경막은 양쪽 아래 갈비뼈와 척추에 붙어 있는 둥근 천장과 같은 막이란다. 그 위쪽은 가슴이고 아래쪽은 배다. 위쪽에는 양쪽 폐와 심장이 있고 아래쪽에는 위장 신장 소장 대장 등이 있단다. 이 횡경막도 잘 발달하여 튼튼해야 좋겠지? 모든 장기와 기관과 조직이 다 튼튼하고 건강하기를 기도한다.

주님 안에서 샬롬을 기원한다. 안녕.

넷째 날 _129일째

사랑하는 별 둘아 잘 지냈지? 어제 너희들이 밤에 조용히 있어서 엄마도 편히 잤다고 한다. 고맙다. 앞으로도 계속 엄마와 생체리듬을 같이 하면 좋겠다. 밤에 자고 낮에 놀고. 그러면 엄마도 덜 힘들 꺼야.

오늘의 성장정보에 의하면, 너희들의 피부 아래에 태지라는 지방이 붙기 시작해서 체온을 유지시켜 주고, 피부와 함께 자라는 감각세포들도 보호해 준다는구나. 또 태어날 때쯤에는 사라질 솜털도 생겨나서 그것들을 보호해 준다고 한다. 이 모두는 너희들이 한 개체로서 세상에 나와 살아갈 때 필요한 것들이란다. 지금 너희들은 엄마의 자궁이라는 튼튼한 보호벽 안에 있고 체온도 엄마의 체온에 많은 도움을 받고 있단다. 참 고맙고도 신비하지?

이 모든 것이 창조주 하나님의 솜씨라고 할 수 있다. 모태에서부터

하나님께 감사를 배운다면, 그것은 얼마나 큰 은혜인지 모른다. 거기서 성령에 감동되어 하나님께 감사하기 바란다. 세상에 나오면 주님께서 아주 귀하게 쓰시게 될 것이다.

오늘도 주님이 주시는 평화로 잘 쉬거라. 안녕!

다섯째 날 _130일째
둘이서 재미있게 놀고 있어요.

사랑해요. 별 둘아, 오늘은 어떻게 지냈니?

할아버지와 할머니는 길벗교회 식구들과 함께 포천아트벨리로 가을 야유회를 다녀왔다. 집에서 오전 7시 넘어서 교회로 출발하였는데 조금 전 오후 9시경 집에 도착하였단다. 교회에 모여서 대절한 버스로 32명이 출발하여 축령재 휴게소의 한식부페에서 식사하고 아트벨리로 갔다. 거기서 호수까지 걸어 올라가서 구경도 하고 사진도 찍었다. 함께 모여 간략하게 예배도 드리고 넌센스퀴즈 대회도 했다. 그 후 보물찾기도 하고 준비한 보물 상품들을 나누며 즐거운 하루를 보냈단다.

오후 4시경 출발하여 귀경하면서 저녁을 먹고 교회에 도착하여 폐회하고 해산했단다. 공기가 좋은 곳에서 하루를 보냈더니 먼 거리를 이동했지만 별로 피곤치 않구나. 교회 식구들은 다 목사님 덕분에 즐겁게 보냈다고 감사의 인사를 하더구나.

우리는 이렇게 보냈는데, 너희는 어떻게 보냈니? 엄마 뱃속이 신나는 놀이터인데 즐겁고 재미있게 놀았니? 재주넘기도 하고 몸을 쭉 펴서 늘이기도 하고 손가락과 발가락도 빨기도 한다는데 서로 누가 잘하나 많이 하나 내기도 하니? 거기서 정말 즐겁고 재미있고 행복하게 놀면서 지내도록 해요. 그래야 몸도 마음도 정신도 좋아진단다. 내가 한번 말했지? 놀 때 정신없이 너무 많이 놀면 생체리듬이 깨지니 그것만 조심하고.

　오늘도 주님 안에서, 엄마 품 안에서 잘 지내거라. 안녕!

여섯째 날 _131일째
땀샘도 생기고 있어요.

　별 둘아, 안녕? 너희들이 스스로 느끼지 못할 아주 미세한 변화가 일어난다고 한다. 손가락과 발가락이 발달하면서 마지막 마디마다 지문이라고 하는 무늬가 생긴데요. 저번에 지문이 무엇인지 말했지? 지문은 사람마다 다 다르고 독특해서 그 사람의 존재를 알려주는 표식이라고 해. 물론 지문만 독특한 것이 아니고 눈의 수정체도 존재를 알려줄 만큼 독특하지. 지금부터 28주까지 땀샘도 계속 만들어진다는구나. 땀샘은 운동을 하거나 아플 때 몸의 온도가 보통보다 높아지면 활성화가 되어 땀이 나서 몸의 온도를 낮춰주는 역할도 한단다. 이런 기능은 너희들이 태어나서야 시작하게 된다고 해요.

오늘은 외할아버지가 동료 명예교수님께 식사를 대접했단다. 명예교수는 우리 서울신학대학교에서 20년 이상 흠 없이 교수로 봉직해서 이사회의 인준을 거쳐서 추대된단다. 대부분이 총장이나 대학원장을 역임한 분들이지. 너희들이 엄마의 뱃속에서 자라고 있다고 하니까 식사할 때 대표로 기도한 교수님이 너희들과 엄마를 위해 축복하며 기도해 주시더구나. 다른 교수님들도 축하를 해 주셨어. 감사한 일이지.

엄마가 오늘은 태동을 별로 느끼지 못해서 좀 아쉬운가 봐. 한번 힘차게 움직여서 엄마가 느낄 수 있게 해 봐. 그러면 좋아하실 거야.

사랑하는 별 둘아, 그럼 오늘은 이만 하겠다. 염려하지 말고 잘 쉬거라. 주님께서 너희를 눈동자처럼 지켜주실 것이다. 안녕.

일곱째 날 _132일째
팔을 쭈욱 뻗을 수 있어요.

별 둘아, 잘 지냈지? 너희들이 이제는 팔을 쭈욱 높이 뻗을 수 있다고 해요. 관절도 유연하고 뼈도 연골이라서 아주 유연하게 움직일 수 있고 운동도 할 수 있어요. 그 동안 그렇게 움직이고 운동도 해 봤지? 재미도 있었을 거야. 요즈음 운동하는 청소년들이 인가가 좋아요. 그래서 여러 종류의 스포츠와 피겨 스케이팅, 리듬체조, 스키 등이 인기 종목이에요. 그런 운동을 하는 청소년들은 몸이 아주 유연해요.

나는 나이가 많아 이제 몸이 유연하지 못해요. 거의 매일 누워 허리 운동을 해야 몸을 움직이는데 불편함이 없어져요. 너희들은 지금부터 나이가 많이 들 때까지 몸이 유연했으면 좋겠구나.

오늘 아침에 너희들을 위해서 기도하다가 성경구절을 매일 한 구절씩 소개하면 좋겠다는 생각이 들더구나. 너희들 육체의 발달과 성장을 위해서 기도하는데 영적인 성장을 위해서 성경말씀도 소개할 필요가 있지 않겠니? 어떻게 생각해? 지금부터 매일 한 구절이면 130~140구절을 소개하면 될 것이야. 아니면 100구절만 소개할까? 어느것이 좋겠니? 내일 엄마 아빠랑 상의해서 결정하도록 할게.

그럼 사랑하는 별 둘아, 주 안에서 잘 쉬거라. 안녕!

사랑의 아버지 하나님,

한 생명이 천하보다 귀한데 두 생명이나 딸아이에게 허락하심에 진심으로 감사를 드립니다. 인생의 경주장에서 열심히 달려온 할아비로서 두 아이에게 가장 좋은 것을 전해주기 위해 최상의 것을 간구합니다. 형성되어 가는 한별이와 샛별이의 모든 기관, 장기, 조직, 세포, DNA까지 주님께서 친히 개입하셔서 아이들의 몸과 신체가 아무 이상이나 흠이 없이 건강하고 아름답게 하옵소서. 세례 요한처럼 모태에서 성령에 감동된 아이들이 되게 하시되, 특별히 메시야에게 임한 영, 지혜의 영, 지식의 영, 총명의 영, 재능의 영, 모략의 영, 하나님 경외의 영을 부어주시옵소서. 그리하여 권모술수가 판을 치는 세상에서 하나님의 뜻을 성공적으로 이룰 수 있는 하나님의 사람이 되게 하옵소서. 평생을 함께 하셔서 임마누엘의 은혜와 승리와 형통함이 있게 하옵소서. 가정에 기쁨이 되게 하시고, 교회에 기둥이 되게 하시며, 나라에 동량이 되고 인류를 복되게 하는 귀한 인물이 되게 하옵소서. 예수님의 이름으로 간절히 기도드립니다. 아멘.

God bless you

2부 말씀의 태교

성경 말씀으로 태교를 시작하다.

기도하는 가운데 가장 좋은 선물인 하나님의 말씀, 성경으로 별 둥이에게 태교를

하는 것이 좋겠다는 생각이 들어 19주 째부터 그렇게 태교를 시작했다. 신구약

성경에서 주옥과 같은 많은 말씀들 중에서 간단한 구절들만을 골라서 하루에

한 구절을 간략하게 해설해서 별 둥이에게 낭독해 주도록 하였다.

별 둘이 19주째

" 오감이 발달하고 있어요. "

133일
태아 크기 15cm
몸무게 240g

134일
태아 크기 16.4cm
몸무게 300g

137일
태아 크기 16.4cm
몸무게 300g

138일
태아 크기 16.4cm
몸무게 300g

139일
태아 크기 16.4cm
몸무게 300g

135일
태아 크기 16.4cm
몸무게 300g

136일
태아 크기 16.4cm
몸무게 300g

엄마, 아빠를 닮아가요.

사랑하는 별 둘아, 안녕! 오늘은 주일이다. 아빠 엄마와 길벗교회 식구들이 다 함께 예배를 드렸다. 어제 이야기한 대로 엄마랑 상의했는데 좋아하며 동의했단다. 이제 성경말씀을 매일 한 구절씩 너희들한테 소개하겠다. 하나님의 말씀, 성경은 인류를 향한 하나님의 최고 선물이다. 하나님의 말씀은 금보다 더 사모할 것이고 꿀보다 더 단 가장 귀중한 말씀이란다. 우리 인간이 가야할 길을 제시하고, 진리를 알려주고, 생명을 얻게 하는 최고 값진 말씀이다. 하나님의 말씀인 성경은 인류의 영원한 최고 베스트셀러이다. 날마다 기대하기 바란다.

오늘 성장정보에 의하면, 너희들의 눈과 귀가 제자리를 잡아가고 눈 코 입이 점점 엄마 아빠를 닮아간다고 하는구나. 너희들이 누구를 많이 닮게 될지 무척 궁금하다. 아빠를 더 많이 닮아도 예쁠 것이고, 엄마를 더 많이 닮아도 예쁠 것이다. 여하튼 하나님께서 너희들을 보기에 가장 아름답게 지으시기 바란다.

지금 너희들은 눈을 뜰 수는 없지만 눈을 이리 저리로 움직이며 눈 운동을 할 수는 있다고 하는구나. 아직은 아무것도 볼 수 없겠지만 세상에 나와서 눈을 뜨게 되면 병실과 아빠 엄마 얼굴을 처음 보게 될 것이다. 그리고 자라면서 점점 더 넓고 많은 세상의 사물들을 보게 될 거야. 너희들이 보게 될 자연 세상도 참 아름답단다. 나중에 여행도 많이 하면서 자연 세계의 아름다움을 많이 보고 경험하기를 바란다.

오늘의 말씀은 유명한 쉐마('들으라'라는 히브리어)의 마지막 구절이다. **"네 하나님 여호와를 사랑하라."**(신명기 6장 5절 하반절) 쉐마는 이스라엘 사람들이 아침저녁으로 하루에 두 번씩 암송하는 성경에서 가장 중요한 말씀이다. 쉐마의 마지막 구절은 인간이 하나님을 향해 가져야 할 태도를 요약한 가장 핵심적인 한 마디의 명령이다. 하나님을 사랑하라! 이 명령에 네 마음과 뜻, 정성을 다해 그렇게 하라는 설명이 덧붙여져 있다. 가장 중요하고 핵심적인 말씀을 첫 번째 오늘의 말씀으로 너희들에게 준다. 이 말씀에 따라서 너희들도 하나님을 사랑하되 마음과 뜻, 정성을 다해서, 나아가서는 목숨을 다해서 - 신약의 예수님은 "목숨을 다해서"를 덧붙이셨는데 - 사랑해라. 그러면 삶이 가장 복되고 행복할 것이다.

주님 안에서 평안히 쉬거라. 안녕. ~~

둘째 날 _134일째
치아 싹이 생기고 있어요.

사랑하는 별 둘아, 잘 지냈니? 할아버지도 잘 지냈다. 오늘 오후에 산에 다녀왔다. 올라가는 계단 있는 곳이 3군데 인데 3곳 다 뛰어 올

라갔다. 힘차게 호흡을 했단다. 너희들에게 자전거 타면서 힘껏 페달을 밟으며 힘차게 호흡했다고 이야기한 것이 생각나더구나. 너희들도 요즘 심호흡을 연습하고 있니? 그래야 폐활량이 커진단다.

이제 평균적으로 너희들의 몸무게가 드디어 300g이 넘어선다고 하는구나. 축하한다. 아마 무게가 열 배는 더 되어야 세상으로 태어나게 될 것이다. 복부 장기들, 예를 들면 위, 장, 간 등이 복강 내부로 완전히 들어가게 된다고 한다. 또 유치와 그 밑의 영구치의 치아 싹이 잇몸 바로 아랫쪽에 자리를 잡게 된대요. 장기와 치아가 자리를 잘 잡아야 해요. 또 태어나서 치아가 나면 관리를 잘해야 해요. 그래야 두 번째로 난 영구치아가 오래 가고 건강을 유지하는 데도 큰 도움이 된단다.

할아버지는 중학교 때 유도하다가 치아를 다쳤는데 치료를 잘하지 못해 문제가 제법 있었단다. 우선 치열이 고르지 못해 보기가 별로다. 유학시절 힘들게 박사학위를 취득할 무렵 가장 못생긴 이빨이 계속 말썽을 부려서 하나를 뽑았단다. 박사학위와 이빨 하나를 바꿨다고 농담을 하곤 했지. 금으로 씌운 이빨도 몇 개 있고, 임플란트를 한 치아도 하나 있다. 그 치아가 박혀 있던 뼈가 다 삭아서 턱뼈를 조금 잘라서 삭은 부분에 붙이는 어려운 수술을 해서 임플란트 하는데 거의 일 년이 걸리는구나. 치아를 치료하는데 돈도 제법 든다. 그러니 치아건강도 굉장히 중요하단다. 미리 염두에 둬도 좋겠다.

오늘 너희들에게 주고픈 하나님의 말씀은 창세기 1장 1절이다. 성경 첫 구절인데 이 말씀을 통해서 외할아버지는 하나님을 발견하게 되었단다. 바로 이 말씀에 의해서 깨어졌다고 하지. 이 말씀이 방망이로 뒤통수를 치는 것처럼 범신론을 믿고 있던 내 뇌리를 강타했었지. 눈에 불똥이 번쩍 튄 것 같았어. 하나님께서 창조하시고, 하나님께서 지은 피조물인 것을 나는 아주 확실히 깨닫게 된 것이지.

이 말씀을 잘 기억하거라. **"태초에 하나님이 천지를 창조하시니라."** 하나님이 창조주이심을 믿는 사람은 어떤 높은 자리에 오르더라도 오만해질 수는 없지. 너희들도 창조주 하나님 신앙을 꼭 갖도록 해라.

그럼 오늘도 주님 안에서, 엄마 품에서 편히 쉬길 바란다. 안녕!

셋째 날 _135일째
태지가 분비되고 있어요.

별 둘아, 안녕. 너희 둘이 밤새 꼼지락거렸다는구나. 이젠 같이 노는 모양이야. 엄마는 너희들이 꼼지락거리며 움직이고 활동하는 것을 느끼면 더 좋아하고 행복해 하는 것 같애. 너희들도 그냥 가만히 있는 것보다 꼼지락거리고 놀며 장난치고 운동하는 것이 더 좋을 거야. 재미도 있고. 지금 너희들의 피부는 쭈글쭈글한 것보다는 훨씬 미세하게 자글자글한 모양이야. 그리고 그 피부 표면에 피지선이 있는데 거기서 태지라고 하는 기름을 분비하고 있데. 흰 크림 상태의 지방인데 너

희들의 피부를 보호하고 태어날 때 윤활유 역할을 해서 산도를 부드럽게 빠져나올 수 있게 해준데. 하나님께서 기가 막힐 정도로 잘 준비해 놓으신 것 같아. 모태의 양수에서 잘 지내다가 때가 되면 태어날 수 있도록 말이야.

너희들이 커가고 점점 무거워지니까 엄마 배가 점점 더 불러온단다. 오늘은 배가 무거워 앉아 있는 것도 힘들었다고 하는구나. 엄마가 힘들어 하는 것도 잘 기억했다가 엄마께 늘 감사하는 아이들이 되거라.

오늘은 천지를 창조하신 하나님께서 사람을 어떤 모양으로 만드셨는지에 관한 말씀을 소개하려고 한다. 하나님께서 **"자기의 형상 곧 하나님의 형상대로 사람을 창조하셨다."**(창세기 1장 27절) 하나님의 형상을 닮게 만드셨으니 사람은 얼마나 대단하고 존귀한 존재냐? 사람은 그러한 존재답게 너희도 하나님의 품성적인 형상을 회복하고, 아름답고 존귀하고 훌륭하게 살아가야 한단다. 너희들이 그러한 존재가 되어 아름답게 살기를 기대한다.

그럼 오늘도 주 안에서, 엄마 배 안에서 편안히 지내거라. 샬롬!

오감이 발달하고 있어요.

사랑하는 별 둘아, 안녕? 오늘은 많이 늦었다. 피곤해서 좀 쉬다가 일어났다. 내일 전주에 계시는 친할아버지 교회에서 권사 세미나 준비하느라고 신경을 쓴 모양이다. 요즘은 너희들의 감각기관 발달이 절정을 이루는 시기란다. 보고(눈), 듣고(귀), 맛을 알고(혀), 냄새를 맡는(코), 신경세포가 발달하고, 촉감(피부) 신경세포도 함께 발달해서 오감이 발달한다고 한다. 사람은 여기에 한 가지 더 육감이 있다. 위험이나 어떤 사건이나 일이 다가오거나 일어남을 알아채는 것을 말한다. 이렇게 하면 태아가 갖추어야 할 감각신경세포가 다 갖추어지게 된다. 이후 이런 신경세포가 더 커지고 복잡해지고 정교해지는 일만 남게 되지. 너희들의 오감 내지는 육감과 그 상응 기관이 잘 발달하기를 바란다.

오늘 너희들에게 주는 말씀: **"사람이 생령이 되니라."**(창세기 2장 7c절) 인간은 하나님의 숨을 부여받아 하나님의 영을 가지고 산 존재가 되었다는 말이다. 타락하기 이전의 첫 인간은 이런 존재이었다. 타락한 인간은 하나님의 영 대신에 인간의 영만 갖고 사는 존재가 되었고, 이것이 하나님을 떠나 고독과 죄 가운데 내던져진 불운한 인간의 대표적인 모습이다. 하지만 그리스도인은 하나님의 영에 터치를 받아 하나님의 영으로 다시 살아난 사람들이란다. 너희들도 하나님의 영의 부음을 받아 산 존재가 되어야 한다.

주 안에서 편안히 쉬거라. 샬롬!

치아의 싹이 자라고 있어요.

오 별 둘아, 너희들의 치아의 싹이 자라나고 있다는구나. 턱뼈 속에 자리 잡고 있다가 너희들이 엄마 뱃속에서 자라는 동안 유치와 영구 치가 잇몸 아래에서 발달하기 시작하여 이번주 내로 싹이 형성된단 다. 이 싹이 커 가면 후에 잇몸 밖으로 나서 자라게 되지. 먼저 나온 유 치가 10살 전에 나온 영구치에 밀려 빠지게 된다. 그때 나온 영구치가 늙을 때까지 평생 동안 쓰게 되지. 영구치는 가능하면 오랫동안 건강 하게 사용하도록 해야 한다.

오늘 전주 할아버지 교회에서 말씀을 전하고 좋은 시간을 갖고 올 라왔다. 너희들을 많이 사랑하시고 기다리시는 것 같더라. 앞으로 전 주 할아버지와 할머니의 사랑을 많이 받을 거야. 기대해도 좋다.

오늘 너희들에게 주는 하나님의 말씀: (노아) **"하나님과 동행하였으 며."**(창세기 6장 9절) 노아는 홍수 심판에서 구원 받은 유일한 사람이다. 그로 말미암아 그 가족도 구원 받았다. 그는 하나님과 동행한 사람이었 다. 노아처럼 하나님과 동행하는 것이 온전하고 가장 좋고 가장 복되다.

너희들도 노아처럼 하나님과 동행하는 사람들이 되기를 바란다.

별 둘아 주 안에서, 샬롬!

피부층이 생기고 있어요.

사랑하는 별 둘아, 오늘도 잘 지냈지? 이젠 너희들의 피부가 점점 두꺼워지기 시작하고, 피부가 표피, 진피, 피하조직 등 여러 층으로 세분화된다고 해요. 피부가 두꺼워져야 외부로부터 병균과 해충, 기후와 상해 등으로부터 몸을 보호할 수 있단다.

오늘의 말씀: **"너는 복이 될지라."**(창세기 12장 2d절) 하나님께서 신앙의 조상 아브라함에게 주신 약속의 말씀이다. 이 말씀을 받은 아브라함은 아마도 인류 가운데 가장 복을 많이 받은 사람일 것이다. 그는 하나님을 전적으로 신뢰하여 자기를 온전히 하나님께 맡겨서 복된 사람이 되었다.

너희들도 하나님께 자기 전체를 맡기는 아브라함처럼 복(복덩이)이 되기를 바란다. 주님의 샬롬을 기원한다.

84  하부지 태교일지

포즈를 취할 수도 있어요.

   사랑하는 별 둘아, 너희들이 잉태된 지 벌써 139일이 되었구나. 그 동안 너희가 식구와 친척·친지 등 많은 사람에게 기쁨을 주었단다. 앞으로도 하나님을 기쁘시게 하고 사람들에게도 기쁨을 주는 귀한 아이들이 되거라.

   이제 너희들은 다양한 자세와 여러 행동도 취할 수 있게 되었단다. 신경이 서로 연결되고 근육이 발달함에 따라 너희가 원하는 대로 움직일 수 있게 되었기 때문이다. 근육은 쓰면 쓸수록 발달하니까 자꾸 움직이고 규칙적인 운동을 하거라. 어떠한 운동이 근육 발달에 좋은지 아직 잘 모를 거야. 운동할 부분이 많을 테니, 그냥 거기서 즐겁게 놀고 장난치고 싶은 대로 움직이면 된다. 둘이서 규칙적으로 놀면 근육 발달에 도움이 될 거야. 내일은 주일이다. 엄마랑 아빠랑 교회에서 만나 함께 예배를 드린단다.

   이제 오늘의 하나님 말씀을 전해 줄게. **"내가**(하나님이) **네게 보여줄 땅으로 가라."**(창세기 12장 1절) 이 말씀은 하나님께서 아브라함에게 하신 명령이다. 아직 지시하지 않고 갈 곳을 알지 못하지만 떠나라는 말이다. 보이지 않는 미래를 하나님의 손에 맡기고 보이지 않는 하나님을 의지하며 가라는 뜻이다. 엄청나게 어렵지만, 아브라함은 그 명령을 순종하여 떠난다. 너희들도 미래의 주 하나님께 모든 것을 맡기고 그와 함께 걸어(살아)가야 한다. 그러면 아브라함처럼 복의 사람이 될 것이다.

사랑하는 별 둘아, 오늘도 주님 안에서, 엄마 복부에서 평안히 쉬거라. 샬롬!

별 둘이 20주째

" 생식기관이 발달해요. "

140일
태아 크기 16.4cm
몸무게 300g

141일
태아 크기 26.7cm
몸무게 360g

144일
태아 크기 26.7cm
몸무게 360g

145일
태아 크기 26.7cm
몸무게 360g

146일
태아 크기 26.7cm
몸무게 360g

142일
태아 크기 26.7cm
몸무게 360g

143일
태아 크기 26.7cm
몸무게 360g

양수의 90%가 물이래요.

사랑하는 별 둘아 잘 지냈지? 몸과 마음과 정신(신혼신)이 다 편안하지? 오늘 교회에서 아빠 엄마랑 함께 예배를 드렸다. 모든 사역을 끝내고 제직회도 함께 해서 여러 가지 현안 문제들을 다루었다. 너희들도 후에 커서 이런 회의도 참석하게 될 꺼야.

지금 너희들은 양수로 가득한 주머니 안에 떠 있고, 너희들의 몸을 구성하고 있는 성분 중 90%가 물이라고 하는구나. 너희들의 장기 중에 신장은 소변으로 배출되는 물의 양을 조절하는 기능을 갖고 있는데, 이 기능이 점점 향상되면서 태어날 무렵에는 체내 수분 함유량이 보통 사람들처럼 70%까지 줄어든다고 한다. 과거에 이런 사실을 알지 못했었지. 그냥 사람들의 수분 함량이 70%라는 사실만 알았지. 과학이 점점 빨리 발전해서 이젠 모태 안에 있는 태아들의 수분 함량까지도 알게 되는구나. 너희들이 성인이 되었을 때 과학과 기술은 우리가 상상을 할 수 없을 정도로 가파르게 발전할 거야. 정신을 바짝 차리고 열심히 노력해야 발전에 뒤처지지 않게 될 거야.

오늘 너희들에게 주는 하나님의 말씀은 창세기 13장 4절이다. **"거기서 여호와의 이름을 불렀더라."** 너희도 하나님의 이름을, 즉 하나님을 부르면 하나님께서 응답해 주실 것이다. 그렇게 모태에서부터 하나님을 부르고 응답하는 식으로 하나님과 교통하면 얼마나 좋으랴.

오늘도 주님의 은혜 안에서 건강하게 행복하게 잘 지내거라. 주님의 샬롬을 기원한다. 안녕!

둘째 날 _141일째
양수를 막 먹어요

사랑하는 별 둘아, 잘 지냈지? 오늘은 한낮에도 너희들이 거기서 꼼지락거리며 움직였다고 하더구나. 아주 잘했다. 손발도 펴보고 몸도 쭉 뻗어보고 뒤집거나 돌리기도 했었니? 서로 장난도 치고? 여러 가지로 궁금하구나.

오늘로 너희들이 엄마 배 안에 있을 날이 꼭 절반이 지났다. 이제 6개월째 접어든다고 한다. 이 사이에 정말 콩알보다 작은 너희들이 26~27㎝나 컸고 몸무게도 평균 360g이나 된다. 그동안 바깥세상은 무더운 여름이 지나고 선선하고 청명한 가을의 끝자락에 와 있다. 나뭇잎도 푸르던 것이 노랑, 빨강, 주홍 등 가지각색의 옷을 입고 있고, 낙엽이 하나 둘 떨어지기 시작한다. 기온도 많이 떨어져 산간지방에는 영하의 기온을 기록했다는구나. 너희들이 상상도 못하는 바깥세상이 있단다.

천상병 시인은 「귀천」에서 세상이 그렇게 아름다웠다고 노래를 했었지. 예수님도 솔로몬 왕이 입은 모든 영광도 들에 핀 백합화 하나가 입은 것만 같지 못했다(마태복음 6장 29절)고 자연 세계의 아름다움을 말씀하셨다. 바깥세상에 대한 기대를 해도 좋을 거야.

이제 너희들의 소화기관이 발달하여 양수를 더 많이 마시고, 그 양수로부터 물과 당분을 흡수하여 몸을 유지 성장하게 하고, 또 소화기관을 더 많이 발달하게 한다는구나. 거기서 잘 지내면서 양수도 많이 마셔서 소화기관을 잘 발달시켜 건강하고 튼튼하면 좋겠구나.

오늘 너희에게 주는 하나님의 말씀은 창세기 14장 20b절이다. **"지극히 높으신 하나님을 찬송할지니라."** 하나님은 지극히 높으신 분이시다. 최상의 권위와 그 권위의 완전성을 최대로 가지신 분이다. 그에게 존귀와 영광이 충만하다. 지음을 받은 우리 인간의 찬양을 받기에 합당한 유일한 분이다. 너희들도 그 하나님을 찬송해야 마땅하다.

주님 안에서, 엄마 복부의 뱃속에서 오늘도 편안하게 쉬거라. 하나님께서 너희들과 함께 하신다. 샬롬!

셋째 날 _142일째
손톱도 자라네요.

사랑하는 별 둘아, 잘 지냈지? 어제 밤에는 너희들이 밤새도록 꼼지락거렸다고 한다. 그래 그렇게 많이 움직이는 것이 좋지. 엄마는 좋아하면서도 밤에 잠을 잘못 잔다고 하네. 너희들이 밤낮을 구별하기 힘드니까 엄마와 맞추기가 어려울 거야. 놀고 싶을 때 놀고 장난치고 싶

을 때 장난치고 운동하고 싶을 때 운동하면 된다. 이제 너희들의 손톱이 자라기 시작한다고 하네. 손톱은 손가락 끝을 지탱하고 보호하는 역할을 하지. 손으로 무엇을 잡을 때 도움이 된다. 우리들은 대체로 일주일에 한 번은 손톱을 1~2㎜ 정도 잘라준단다. 너무 길면 보기도 좋지 않고, 얼굴이나 살갗에 생채기를 내기도 하고, 불편하기 때문이란다. 그러나 너희들은 깎지 않아도 피부에 덮여있는 태지가 보호해 주기 때문에 상처 날까 염려할 필요가 없단다.

오늘의 말씀: **"나는 전능한 하나님이라."**(창세기 17장 1절) 하나님은 천지와 만물을 창조하시고 운행하시는 전능한 하나님이시다. 우리의 믿음은 하나님이 존재하신다는 것만이 아니라 그 하나님은 전능하신 하나님이심을 믿고 그분을 신뢰하는 것이란다. 너희들도 전능한 하나님을 깊이 신뢰하도록 하거라.

오늘도 하나님의 품 안에서 편히 쉬거라. 안녕!

넷째 날 _143일째

눈을 꼭 감고 있어요. 깜깜해요.

할로*, 사랑하는 별 둘아, 지난 밤에 너희들이 열심히 꼼지락거렸다

---

*할로(Hallo) 독일어로 남을 부를 때 '여보세요', '어이'라든지, 만났을 때 인사로 하는 '안녕'이라는 말. 여기서는 친근하게 부르는 '안녕'으로 사용함.

고 하네. 역시 잘하고 있구나. 쉴 때 외에는 열심히 움직이는 것이 좋지. 손가락 발가락도 움직이고, 손발의 감각을 뇌의 정보처리 부위와 연결하는 작업도 이루어지고 있다는구나. 그렇게 되면 몸이 뇌의 지배를 받는 온전한 통일체로서 기능하게 된다. 지금 너희들의 눈은 감고 있어서 손가락 발가락을 움직일 때 손톱으로 눈이 상할까 염려하지 않아도 된단다. 너희들이 눈을 뜨는 것은 태어난 이후일 것이다.

오늘의 말씀: **"너는 내 앞에서 행하여 완전하라."**(창세기 17장 1절) 요즘 행동하는 신앙인을 찾아보기가 쉽지 않다. 하지만 행동하는 신앙이 온전한 신앙이다. 그래서 하나님께서 아브라함에게 명령하셨다. 이 명령은 성경에 기록되어 있으니 우리 모두를 향한 말씀이다. 우리도 하나님 앞에서 온전하게 행해야 한다.

잘 자라, 우리 별 둘아. 샬롬!

다섯째날_144일째
청각부터 반응능력이 발달하고 있어요.

사랑하는 별 둘아, 오늘은 너희들이 오전까지는 조용히 있다가 오후 세 시경부터 꼼지락거리기 시작했다며? 엄마는 너희들이 꼼지락거리는 것을 좋아한단다. 다만 잘잘 때는 방해가 되니 좀 힘들지. 너희들도 밤엔 자면 좋지. 이제 너희들은 감각을 느끼고, 빛, 압력, 통증, 온

도를 인식하고 거기에 따라서 반응을 할 수 있다고 한다. 시각, 청각, 후각, 미각, 촉각의 다섯 가지 감각 가운데 귀를 사용하는 청각이 가장 먼저 발달한다고 해요. 사람은 이런 감각들을 통하여 세상에서 생존하게 되니까, 감각도 잘 발달해야 한다.

오늘의 말씀: **"하나님이 너와 함께 계시도다."**(창세기 21장 22절) 하나님이 함께 계시는 것이 구원이다. 이 말씀이 성경에 맨 먼저 나온 복된 소식, 곧 복음이다. 이 말씀은 아브라함에게, 그의 아들 이삭에게 약간 변형되어 야곱, 여호수아에게도 사용되었다. 너희도 하나님의 영에 감동되고 영에 사로잡혀 살면, 이 복음의 말씀이 적용될 것이다. 하나님께서 함께 하시는 복된 사람들이 되거라.

오늘도 주 안에서 편안히 지내거라. 샬롬을 기원한다.

여섯째 날 _145일째
생식기관도 발달해요

사랑하는 별 둘아, 잘 지냈지? 오늘은 엄마가 병원에 가서 너희들의 상태를 진찰하는 날이었다. 너희들의 상태는 아주 건강하다. 손가락도 쑥, 발가락도 쑥, 심장도 콩콩 잘 뛰고, 뇌도 잘 발달되어 모든 것이 다 이상 없이 잘 자라고 있단다. 뿐만 아니라 엄청 활발하게 활동하고 있다고 한다. 감사하고 기쁘구나.

이제 너희늘의 생식기관도 발달해서 성별이 둘다 남성으로 판명이 되었다. 초음파 사진을 보면 남성 성기인 고추 혹은 잠지가 보이고, 고환인 불알도 자리 잡고 형성되기 시작했다. 너희들의 생식기관도 잘 발달하기 바란다. 그래야 앞으로 하나님의 창조질서와 섭리에 따라 후손을 만들어 갈 수 있게 된단다.

오늘의 말씀: **"나는 네 방패요 지극히 큰 상급이니라."**(창세기 15장 1절) 하나님께서 아브라함에게 하시는 말씀이다. 하나님은 모든 위험과 질병과 사고와 환난에서 지켜주시고, 복과 상을 주셔서 세상에서 잘 되게 해주시는 좋으신 분이시다. 세상에서 두려워할 것이나 부러워할 것이 없게 만들어 주신다. 너희들에게도 해당되는 말씀이니 그렇게 되도록 하나님을 잘 믿고, 하나님을 바라고 힘과 정성을 다하여 하나님을 사랑하거라.

일곱째 날 _146일째

피부가 아직도 투명해요.

사랑하는 별 둘아, 잘 있었니? 오늘 설교를 준비하고 이제 너희들에게 글을 쓴다. 내용이 텔레파시로 전달되기를 희망하면서. 너희들을 향한 내 사랑을 이런 식으로 표현하는 것이란다. 오늘 엄마랑 아빠는 구청의 출산교실에서 너희들이 입고 사용할 옷과 손싸개를 만들었

단다. 너희들이 태어나자마자 필요한 물건들이란다. 앞으로 너희들이 사용할 옷, 기저귀, 손싸개, 발싸개, 우유병, 잠자리와 이불, 침대, 유아용차 등 여러 가지 것들을 준비해야 할 것이다. 너희들은 아무 염려 없이 아빠 엄마가 준비한 것을 사용하기만 하면 된다.

성장정보를 보니 키는 벌써 태어날 때 크기의 절반 정도 컸고, 몸무게는 약 9분의 1로 무거워졌구나. 살도 더 붙고 키도 더 커야겠지. 지금 너희들의 피부는 피하지방이 부족해서 쭈글쭈글하다고 한다. 몸통에 살이 오르면 살갗이 점점 탱탱해지지만 투명도는 떨어진다. 또 태지가 눈썹에 두껍게 쌓여서 눈썹이 부드럽게 보인다고 해요. 눈썹도 잘생겨야 한다. 그렇게 되기를 기도할게. 이것은 조그마한 비밀인데 외할아버지의 눈썹은 송충이 눈썹이라고 놀림을 받기도 했단다.

오늘의 말씀: **"여호와께서 네 고통을 들으셨다."**(창세기 16장 11절) 우리 하나님은 고통을 들으시고, 해결해 주시는 좋으신 하나님이시다. 그곳에서 혹시 아픔이나 고통이 있을 때는 하나님께 부르짖어라. 그러면 하나님께서 들으시고 고통의 문제를 해결해 주실 것이다. 앞으로 세상에 나와서 살 때도 그런 문제가 생기면 늘 그렇게 하거라. 하나님께서 네 고통과 고민을 들으시고 해결해 주실 것이다.

오늘도 주님 품안에서, 엄마 뱃속에서 편히 쉬거라. 주님의 샬롬을 기원한다. 안녕!

별 둘이 21주째

"다섯 달째가 되어가요."

147일
태아 크기 26.7cm
몸무게 360g

149일
태아 크기 27.8cm
몸무게 430g

150일
태아 크기 27.8cm
몸무게 430g

151일
태아 크기 27.8cm
몸무게 430g

152일
태아 크기 27.8cm
몸무게 430g

153일
태아 크기 27.8cm
몸무게 430g

grow UP

난소가 자리 잡아요. 우리는 해당되지 않아요.

　사랑하는 별 둘아, 오늘은 주일이다. 아빠와 엄마, 외할아버지와 할머니, 막내 외삼촌 그리고 여러 친지들과 성도들이 모여 예배를 드렸다. 용인 향상교회의 헬몬산 목장에서 고기와 과일과 떡으로 우리 교회 식구들을 섬겼다. 참 감사하다. 우리 교회는 이름이 길벗교회이다. 길벗들, 길에서 자는 노숙하는 사람들을 섬기고자 세운 교회이다. 여러 교회와 뜻있는 성도님들이 많이 도와주고 있다. 너희들도 앞으로 어려운 이웃들을 사랑으로 섬기며 보살펴 드리는 참된 신앙인들이 되도록 하거라.

　오늘 성장정보는 여아들의 정보만 기술했더구나. 너희들은 남아라서 해당사항이 없다. 여아들은 난소가 자리를 잡는다고 한다. 복부에 있던 것이 골반으로 내려간 상태래. 난소에서 나중에 커서 장성하면 난자가 나오는데 그것이 후손을 만드는 핵심 역할을 하지.

　오늘 너희에게 주는 말씀: **"너와 네 후손의 하나님이 되리라."**(창세기 17장 7c) 하나님이 아브라함에게 하신 약속의 말씀이다. 아브라함과 그 후손의 하나님이 된다는 약속은 복되고 가장 든든한 엄청난 약속이다. 하나님을 너희들의 하나님으로 삼기바란다. 그러면 하나님께서 이 말씀을 너희에게도 하실 것이다.

감각을 모두 느낄 수 있어요.

사랑하는 별 둘아 잘 지냈지? 오늘 오전에 꼼지락거리며 놀았다고 하네. 잘했어요. 너희들의 초음파 사진을 찍었는데 지난 5개월 동안 많이 커서 이제는 참외만큼 컸다고 한다. 엄마 복부에 너희 둘이 각각 참외만한 크기로 들어가 있는 셈이다. 하루에 대체로 10g씩 무게가 늘며 커가는 중이다.

이제 너희들이 모든 감각기관을 느낄 수 있다고 한다. 눈꺼풀과 눈썹이 완전히 자라고 손톱도 길게 자라 손가락 끝까지 나왔고 귀도 완전히 자리를 잡았다고 한다. 외부의 소리에 반응하기 시작하는데. 너희들의 귀는 특별히 큰 것처럼 보인단다. 아마도 친할아버지께서 그렇기 때문으로 아빠 엄마는 추측을 하고 있다. 귀는 친할아버지를 닮았다고 하면, 얼굴은 누구를 닮았는지 궁금해 하고 있단다. 오늘 임신부인 엄마와 태아인 너희들이 검진을 받았는데 아무 이상이 없어서 태아보험에 들었다고 하는구나. 아무 염려 하지 말고 잘 놀고 건강하게 잘 자라기만 해다오. 그렇게 기도한다.

오늘의 말씀: **"여호와께 능하지 못한 일이 있겠느냐?"**(창세기 18장 14a절) 하나님은 전능하신 분이시다. 그에게는 모든 것이 가능하다. 능히 하시지 못하는 일이 없다. 전능하신 하나님을 신뢰하고 믿음으로 나아가면 간절히 바라던 것들이 실제가 된다. 하나님을 신뢰하고 살아

가거라. 그러면 뜻한 것이 이루어질 것이다.

이제 주님의 품 안에서, 엄마 품 안에서 편히 쉬거라. 샬롬!

외부의 소리도 들을 수 있어요.

사랑하는 별 둘아, 너희들이 잉태된 지 벌써 150일째구나. 이젠 태어날 때까지가 더 적게 남았다. 오늘도 잘 지냈지? 오늘은 언제 놀았니? 낮에는 마음껏 놀고 장난치고 운동도 하거라. 그렇게 꼼지락거리는 것을 엄마도 좋아한다. 이제 너희들이 여러 가지 소리를 들을 수 있다고 하네. 엄마의 혈액이 혈관을 타고 흐르는 소리, 음식이 위에서 소화되는 소리, 트림 소리, 외부의 소리 등등. 이젠 엄마가 엄마도 너희들도 들으면 좋을 클래식이나 찬송가 등을 들려 줄거야. 그런 좋은 음악을 들으면, 심성도 순화되고 때로는 행복하기도 할 거야.

오늘의 말씀 **"이제 너는 여호와께 복을 받은 자니라."**(창세기 26장 29e절) 이 말씀은 아비멜렉이 이삭에게 "하나님께서 너와 함께 계심을 분명히 보았다"고 하면서 한 말이다. 이 말씀대로 별 둘이는 '하나님께 복을 받은 자'들이야. 아빠와 엄마, 할아버지와 할머니, 외할아버지와 외할머니, 외삼촌들과 친고모들 그리고 많은 성도들이 너희들을 위해서 매일 기도하고 있으니 말이다. 너희들이 모태에서부터 하나님의 영에 감동되고 너희들이 앞으로 하나님 앞에서 살게 되면, 그렇게 복 받

2부 말씀의 태교　　**97**

은 사람이 될 것이다.

사랑하는 별 둘아, 오늘도 주님 품 안에서, 엄마 품안에서 편히 쉬거라. 샬롬!

다섯째 날 _151일째
머리카락과 눈썹이 진해져요.

사랑하는 별 둘아, 잘 지내고 있지? 이젠 임신한 지 150일이 넘고 태어날 때까지 절반도 못 남아서 인지 더욱 기다려진다. 건강한 모습으로 태어나기를 손꼽아 기다린다. 그래도 너무 빨리 나오지는 말아라.

오늘의 성장정보에 의하면, 너희들의 머리카락과 눈썹이 아직은 하얗지만 이제부터 점점 검은 색으로 짙어진단다. 태어나서 검게 지내다 나이가 많이 들어 노인이 되면 다시 희게 된단다. 어떻게 보면 재미있기도 하다. 머리카락이 하얗다가 검어졌다가 다시 하얗게 되다니 ….

오늘의 말씀: **"땅의 모든 족속이 너와 네 자손으로 말미암아 복을 받으리라."**(창세기 28장 14c절) 하나님께서 형 에서를 피하여 밧단아람(아람의 평야란 뜻으로 유프라테스강 상류지역을 말한다)으로 가다가 벧엘(하나님의 집이란 뜻)에서 자던 중 꿈에 하나님께서 나타나 야곱에게 하신 말씀이다. 이 말씀은 최초로 하나님께서 아브라함에게 하신 축복의 말씀이기도 하다. 이 놀라운 축복의 말씀이 신앙의 후예인 너희들에게 향한 하나님의 말씀도 되기를 바란다.

사랑하는 별 둘아, 오늘도 주님 안에서, 엄마 복부 품 안에서 잘 쉬거라. 안녕!

생식기관이 뚜렷해져요

할로, 사랑하는 별 둘아, 잘 있었니? 태동이 달라졌다고 하는구나. 지금까지는 꼼지락거렸는데 이제는 살짝 튕기는 느낌이 든다고 한다. 너희들이 그 만큼 컸고, 아마도 활동이나 운동도 더 강하게 하기 때문인 것 같다. 엄마는 이제 리얼한 태동을 느끼게 되었단다. 너희들의 생식기관이 뚜렷해지고 고환도 음낭 방향으로 내려가 성숙해지기 시작했다고 한다. 앞으로 성년이 되면 거기서 정자를 생산하고 자녀를 생산할 수 있게 된다.

어제 너희들에게 준 말씀처럼 하나님의 창조섭리 가운데서 '너와 네 자손으로 말미암아 땅의 모든 족속들이 복을 받을 수 있게 된단다. 놀랍게도 벌써 네 자손에 대한 하나님의 섭리가 진행된다고 할 수 있다.

오늘의 말씀: **"내가 네게 허락한 것을 다 이루기까지 너를 떠나지 아니하리라."**(창세기 28장 15b절) 하나님께서 야곱에게 하신 말씀이다. 하나님께서 야곱에게 허락하신 것, 예를 들면 꿈, 사명감, 땅과 짐승 등의 재산, 후손 등 허락하신 것이 다 이루어지기까지 야곱을 떠나지

2부 말씀의 태교   99

않고 도와주셔서 이루어지게 해 주시겠다는 말이다. 하나님께서 떠나지 않으시면, 함께 하시는 것이고 그것이 구원이고 도움이고 힘이고 축복이다. 이 말씀이 너희들에게도 향한 말씀이 되면 좋겠구나. 하나님께서 너희들에게 허락하신 것을 다 이루기까지 너희들을 떠나지 않고 함께 하시기를 기도한다.

오늘도 주님 안에서, 엄마 안에서 편히 쉬거라. 안녕!

일곱째 날 _153일째
몸에 털이 나요.

사랑하는 별 둘아, 잘 있었지? 오늘은 아빠가 어떻게 아기들의 기저귀를 갈아주고, 옷도 입히고 안아주는지를 연습했단다. 너희들이 태어난 후에 잘 보살필 수 있도록 준비하려는 것이다. 얼마나 너희들을 소중히 여기면 그랬을까. 참 고맙지?

오늘 153일째 성장정보에 의하면, 너희들의 몸에 계속 살이 오르고 온몸에는 솜털이 나서 뒤덮게 된단다. 솜털이 나중에 털로 자라기도 한다. 사람마다 털이 많은 사람도 있고 적은 사람도 있다. 성경에 쌍둥이 형제 야곱과 에서가 있었는데 야곱은 털이 많지 않아 매끈했고, 에서는 털북숭이일 정도로 털이 많았다고 한다. 너희들은 어떨지 모르겠구나.

오늘의 말씀: **"여호와께서 그를 범사에 형통하게 하셨더라."**(창세기 39장 23c절) 창세기의 저자가 요셉의 상황에 대해 결론적으로 한 말이다. 요셉은 형제들에 의해 종으로 팔려 애급으로 내려가서 보디발 장군의 집에서 종살이를 하게 된다. 거기서 총무로 일하게 되나 장군 처의 모함에 의해 옥에 갇히게 되어 극도로 불행한 상태에 놓이게 되었다. 그럼에도 불구하고 창세기의 저자는 미리 하나님이 요셉과 함께 하심으로 그를 범사에 형통하게 하셨다고 기록한 것이다. 하나님께서 함께 하시면 어려운 일은 있겠지만 범사에 형통한 사람이 될 수 있단다. 우리 별 둘이도 그러한 사람이 되기를 원한다.

별 둘이는 오늘도 주님을 깊이 신뢰하며 주님 품 안에서와 엄마 품 안에서 편히 쉬거라. 안녕.

별 둥이 22주째

"몸 비율이 벌써 아가 같아요."

155일
태아 크기 28.9cm
몸무게 501g

159일
태아 크기 28.9cm
몸무게 501g

160일
태아 크기 28.9cm
몸무게 501g

156일
태아 크기 28.9cm
몸무게 501g

157일
태아 크기 28.9cm
몸무게 501g

몸 비율이 벌써 아가 같아요.

　사랑하는 별 둘아, 열심히 먹고 마시고 운동하며 잘 지냈지? 이젠 엄마뿐 아니라 아빠도 손으로 뻥뻥 차는 듯이 태동을 느꼈다고 하는구나. 외할머니는 너희들이 뻥뻥 축구공을 차는구나 하고 우스갯소리도 했단다. 너희들이 크게 움직이거나 운동하는 것이 아빠 엄마나 할아버지 할머니에게 기쁨을 준단다. 매일 그렇게 하거라. 너희들은 평균 하루에 10g씩 살이 찌고, 키는 약 1.5㎜씩 큰다고 한다. 이번 주에 500g이 넘고 키는 29㎝가 넘을 거란다. 많이 큰 셈이다.

　성장정보에 의하면, 아직 살에 지방이 많이 오르지 않아 피부에 주름이 져있고 몸도 가냘프나 태어날 무렵과 비교해서 별 차이는 없을 거고, 다만 크기와 몸무게가 차이 날 뿐이란다. 이제 아이 모습은 다 갖춘 셈이다. 앞으로도 잘 먹고 마시고 재미있게 운동하며 편히 지내면 된다. 너희들은 복 받은 자들이기에 주님의 가호가 있을 것이다.

　오늘의 말씀: **"여호와여 나는 주의 구원을 기다리나이다."**(창세기 49장 18절) 이 말씀은 야곱이 죽기 전에 한 말로서 하나님의 구원을 확신하는 가운데 그 구원을 대망하는 표현이다. '이미'와 '아직은 아닌' 긴장이 포함된 성서적 구원 개념이 여기에도 반영되었다고 할 수 있다. 현재에서 이미 맛본 구원이 미래에 완전하게 이루어질 것을 믿고 바라는 표현인 것이다. 나도 또 너희들도 야곱처럼 하나님의 구원을 맛

보고 그 완성을 대망하며 살아가면 복 받은 아주 행복한 사람들이 될 것이다.

오늘도 주님의 사랑과 자비의 품 안에서, 엄마의 우주 같은 복부의 품 안에서 편안히 행복하게 쉬거라. 샬롬!

셋째 날 _156일째
몸의 장기들이 제자리를 찾아가요.

사랑하는 별 둘아, 너희들 아주 잘 지낸 것 같구나. 밤새 퉁퉁치면서. 엄마는 그것이 너희들이 잘 크고 있는 증거로 여기고 있단다. 엄마를 즐겁게 하려면, 어떻게 해야 하는지 한번 생각해서 행동도 해 보거라.

성장정보에 의하면, 너희 얼굴의 기관들이 자리를 잡고 발달하고 있다. 입술의 구분이 뚜렷해지고 눈도 어느 정도 발달하고, 눈썹과 눈꺼풀은 자리를 잡고, 잇몸선 아래에는 치아의 싹이 트고 있다고 하네. 이제 얼굴 모습도 아가 모습을 띠기 시작하는가 봐. 아주 앙증맞고 귀여울 것 같아. 너희 별 둘이 보기를 손꼽아 기다린다. 그때까지 건강하게 무럭무럭 잘 자라 거라.

오늘의 말씀: "(산파들이) **하나님을 경외하였으므로 하나님이 그들의 집안을 흥왕하게 하신지라.**"(출애굽기 1장 21절) 이 구절에는 신앙생활에 가장 중요한 하나님 경외란 말씀이 나온다. 이 말씀은 나온 경위를 알

아야 이해하기가 쉬워요. 애급의 바로 왕이 산파들에게 이스라엘 백성들이 아들을 낳으면 죽이라는 명령을 내렸어요. 그런데 그 산파들은 하나님을 경외함으로 하나님의 백성 이스라엘 사람들에게 그런 잔혹한 일을 하지 않아요. 그리고 바로에게 가서 지혜롭게 이야기해요. 이스라엘 여인들은 건강해서 자기들이 도착하기 전에 아기를 낳기 때문에 손을 쓸 수가 없었다고. 이처럼 하나님을 경외하고 바르게 행하는 것이 굉장히 중요해요. 그것이 지식과 지혜의 근본이고 복 받는 길이에요. 여기 산파들은 복 받아 그들의 집안이 흥왕하게 되었다고 하네요. 너희 별 둘이도 하나님 경외를 탁월하게 하는 복 있는 사람들이 되면 좋겠어요.

오늘도 사랑의 하나님 품 안에서, 바다와 같은 엄마 품 안에서 편안하게 행복하게 쉬거라. 안녕!

넷째 날 _157일째

몸무게가 막 늘어요.

사랑하는 별 둘아, 잘 지내나? 이제는 쉴 시간이구나. 오늘부터 추워진다고 하는데 너희들한테는 아무런 영향이 없겠지. 엄마가 추위를 다 막아주기 때문이란다. 엄마만 춥지 않으면 된다.

성장정보에 의하면, 이제부터 4주간 몸무게가 2배로 는단다. 4주

후에는 1kg이 되는 것이지. 태어날 때는 3.5kg 정도 된다고 하니 4주 후 그때는 약 3분의 1까지 자라서 제법 무거워진 셈이다. 이제 무럭무럭 자라는 시기다. (그리스도를 아는 지혜 가운데) 잘 자라 거라.

오늘의 말씀: **"내가 반드시 너와 함께 있으리라."**(출애굽기 3장 12b절) 이 말씀은 원초적인 복음으로 하나님께서 모세에게 하신 말씀이다. 하나님이 함께 하시면 가장 복되고 형통하게 되며 모든 것이 가능하게 된다. 모세는 이스라엘 백성을 출애굽시키고 하나님의 십계명을 전해주고 율법을 완성시킨 위대한 하나님의 사람이 되었단다. 이 말씀이 너희들을 향한 하나님의 말씀이 되기를 바란다. 그러면 너희들도 모세처럼 위대한 하나님의 사람들이 될 것이다.

주님의 사랑의 품 안에서 그리고 엄마의 품(배) 안에서 편안히 쉬기를 바란다. 샬롬.

여섯째 날 _159일째
숨 쉬는 연습을 하고 있어요.

사랑하는 별 둘아, 안녕! 잘 지냈지? 오늘은 너희들의 발차기에 관하여 아무 소식이 없네. 엄마는 이제 너희들이 500g인데도 몸이 많이 무겁다며 "앞으로 6배나 더 무거워질 텐데" 하고 얼마나 힘들지 걱정을 하는구나. 외할머니는 너희들이 점점 무거워지지만 거기에 대하여

하부지 태교일지

엄마의 몸도 조금씩 적응을 한다며 복대를 차면 좀 도움이 될 거라고 조언해 주셨다. 그러니 너희들은 아무 염려 말고 잘 먹고 잘 쉬고 잘 운동하고 건강하게 잘 성장하기만 하면 된다.

성장정보에 의하면, 너희들은 양수를 들이마시며 숨 쉬는 연습을 하고 있다는구나. 양수를 들이 마시면 양수가 폐 안에서 표면활성제를 만들어 폐의 공기 주머니들이 부드럽게 펴질 수 있게 도와준다고 한다. 그러니 양수를 깊게 들이마시는 운동도 열심히 하거라.

오늘의 말씀: **"내가 네 입과 함께 있어서 할 말을 가르치리라."**(출애굽기 4장 12b절) 하나님께서 말을 잘못한다고 바로와 이스라엘 백성에게 가기를 거부하는 모세에게 하신 말씀이다. 말을 잘하는 것이 굉장히 중요하다. 그러나 할 말을 제때에 바르게 하는 것도 중요하다. 우리가 중요한 순간에 할 말을 하나님께서 주신다면, 얼마나 좋겠냐. 하나님께서 너희들의 입에 늘 함께 계셔서 중요한 순간마다 할 말씀을 주시기를 바란다. 그리하여 앞으로 큰 역사를 이루는 귀한 하나님의 사람이 되기를 기도한다.

오늘도 사랑이 많으신 하나님 아버지의 품 안에서, 엄마의 따뜻한 모태 안에서 행복하게 잘 쉬거라. 안녕!

계속 크고 있어요.

사랑하는 우리 별 둘아, 한 시간 전쯤 발로 퉁퉁 찼다며? 그럴 때마다 엄마 배가 뽈록뽈록 올라온다고 하네. ㅋㅋㅋ 좀 있으면 잘 시간이다. 이제 노는 것을 정리하고, 잘 시간을 지키도록 해 보거라. 오늘로 너희들이 생긴지 160일째. 이제 세상으로 나올 날은 100여 일 남았구나. 기다려진다. 엄마의 몸도 많은 변화가 있다고 하는구나. 너희들이 점점 커가며 무거워지니까 자궁을 바치는 여러 인대들도 계속 늘어나고 골반의 관절도 느슨해진다고 한다. 무거운 짐도 들면 안되고 움직이는 것도 점점 힘이 들어서 엄마는 시간이 빨리 갔으면 하는구나. 그래도 너희들이 배 안에 있을 때 힘이 덜 든다고 해요.

성장정보에 의하면, 너희들은 계속 성장하고 있다. 호르몬을 생성하는데 필수적인 췌장도 급격하게 발달하고 있다는구나. 췌장도 건강해야지. 췌장때문에 고생하는 어른들도 제법 많단다.

오늘의 말씀: **"너는 그에게 하나님 같이 되리라."**(출애굽기 4장 16c절) 모세가 형 아론에게 그렇게 되리라고 하신 하나님의 말씀이다. 엄청난 말씀이다. 모세가 아론에게 하나님처럼 된다니 … 얼마나 권위와 권세가 있고, 얼마나 높임을 받을지 말로 다 할 수 없을 정도가 된다는 뜻일 것이다. 너희들도 하나님의 사람으로서 다른 사람들에게 하나님 같이 된다면, 주의 일 하기가 더 말할 나위가 없이 좋을 것이다. 그러한 사람이 되기를 바란다.

별 둘이 23주째

" 맛을 느낄 수 있어요."

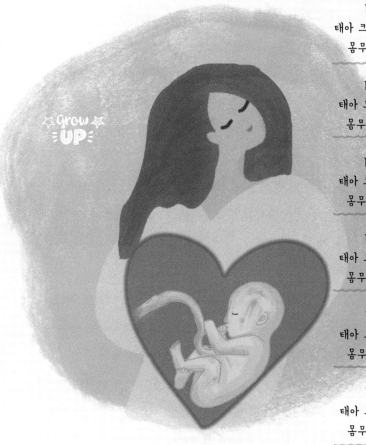

161일
태아 크기 28.9cm
몸무게 501g

165일
태아 크기 30cm
몸무게 600g

166일
태아 크기 30cm
몸무게 600g

167일
태아 크기 30cm
몸무게 600g

162일
태아 크기 30cm
몸무게 600g

163일
태아 크기 30cm
몸무게 600g

grow
UP

소리가 들려요

　사랑하는 별 둘아, 잘 지냈지? 오늘은 추수감사절 예배를 드렸다. 가장 많은 성도들이 모여 은혜로운 예배를 드리고 성찬예식도 함께 거행했단다. 성찬예식은 우리를 너무나 사랑하셔서 대신 십자가에 돌아가신 예수 그리스도를 기념하는 예식이다. 빵을 떼고 포도주를 마시는데, 빵은 그분의 살을 의미하고, 포도주는 그분의 피를 의미한다. 죽을 우리가 그분과 연합하여 새생명을 얻음을 재확인하는 예식이라고 할 수 있다. 지금은 이해하기가 어려울 거야. 나중에 크게 되면 알게 될 것이다.

　지금은 너희들 귀가 많이 발달하여 소리는 들을 수 있다. 다만 세밀한 소리의 구분은 잘못하지만. 그러나 클래식 음악이나 찬송소리는 들을 수 있을 꺼다. 아빠 엄마가 종종 들려 주실 거야. 그 음악과 찬송을 들으니 어떠니? 좋지?

　오늘의 말씀: **"너희는 가만히 서서 여호와께서 오늘 너희를 위하여 행하시는 구원을 보라."**(출애굽기 14장 13c절) 애굽을 출발한 이스라엘 백성 앞에 홍해가 놓여 있고 뒤에는 바로의 군대가 추격해 오고 있어 이스라엘 백성이 두려워하고 있다. 이런 백성에게 모세가 한 말씀이다. 하나님께서 홍해를 가르시고 이스라엘 백성은 마른 길처럼 건넜는데 추격하던 바로의 군대는 물이 다시 합해져서 홍해 바다에 수장된다.

이렇게 이스라엘은 하나님의 큰 구원을 목도한다. 너희들도 엄청난 큰 일을 당해도 잠잠히 전능하신 하나님을 신뢰하여 놀라운 하나님의 구원을 경험할 수 있는 자들이 되기를 바란다.

오늘도 주님의 인자하신 품 안에서, 엄마의 따뜻한 모태에서 편히 행복하게 쉬거라. 샬롬!

둘째 날 _162일째
먹는 연습을 하고 있어요.

사랑하는 별 둘아, 오늘도 즐겁게 잘 지냈지? 할아버지는 오늘 8~9개월간에 걸친 임플란트를 마무리 지어서 기쁘다. 이제 음식을 양쪽 어금니로 씹을 수 있어서 아주 편하다. 시간이 그렇게 오래 걸린 것은 아래턱뼈를 떼어 삭아 무너진 잇몸 안의 뼈에 접합하는 수술을 하고, 그것이 완전하게 부착된 후에 거기에 구멍을 내서 쇠를 박고 인공 이를 덧씌우는 작업을 했기 때문이다. 돈도 제법 많이 들었다. 이러니 치아를 잘 관리하는 것이 중요하다. 치아가 건강한 것이 오복 중에 하나로 들어간다고 한다.

성장정보에 의하면 너희들은 이제 먹는 연습을 한다는구나. 자주 입을 벌려 양수를 마시고 뱉고, 탯줄이나 손가락이 입 근처에 있으면 반사적으로 얼굴을 그쪽으로 돌린단다. 이런 과정을 통해서 태어난 후 배가 고프면 엄마의 젖꼭지를 찾는 먹이 반사를 익히는 것이라고 한다. 참 신기하지?

오늘의 말씀: "여호와는 나의 힘이요 노래시며 나의 구원이시로 다."(출애굽기 15장 2a절) 이 말씀은 모세가 민족을 이끌고 출애굽하여 홍해를 건넌 후 그 구원의 기쁨을 노래한 가사의 일부이다. 여호와 하나님은 얼마나 능력과 힘이 많으신가? 바로의 군대를 홍해에 수장시키시고 이스라엘을 온전하게 구원하셨다. 참 대단한 역사고 놀라운 구원이다. 그러니 모세가 기뻐하며 그런 노래를 부른 것이다. 힘을 자기들의 신으로 삼는 사람이 아니라 하나님을 자기의 힘으로 삼는 사람과 백성이 복이 있단다. 너희들도 하나님을 힘으로 삼아라. 하나님께서 너희들의 힘이 되어주시고 구원을 경험하게 해 주셔서 하나님을 찬양할 수 있으면 좋겠구나.

이제 능력과 힘, 사랑과 자비가 많으신 하나님의 품 안에서, 엄마의 따뜻한 모태의 품 안에서 편히 잘 쉬거라. 안녕!

셋째 날 _163일째
엄마, 뱃속이 시끄러워요.

사랑하는 별 둘아, 잘 지냈니? 나는 늘 밤이 되어서야 너희들에게 글을 쓰는구나. 내가 하는 일들을 마친 후 쓰기 때문이다.

성장정보에 의하면, 청각이 점점 예민하게 발달하면서 웬만한 소

리에 익숙해졌다는구나. 너희들이 매일 듣는 소리는 아빠 엄마가 이 야기를 들려줄 때 울리는 소리, 음악소리, 엄마 몸 안에서 나는 소리들이다. 이제는 그러한 소리들에 많이 익숙해져 있겠구나. 그 소리들 중에서 음악소리와 아빠 엄마가 해주시는 말씀들은 주의를 집중해서 들어보는 것도 좋겠다. 남의 이야기를 잘 듣는 것이 앞으로 공동체 생활이나 사회생활 하는데 중요하기 때문이란다.

오늘의 말씀: **"나는 너희를 치료하는 여호와임이라."**(출애굽기 15장 26e절) 하나님께서 모세를 통해서 이스라엘 백성에게 하신 말씀이다. 이 말씀이 이젠 그 말씀을 읽는 모든 사람들에게 하신 말씀도 된단다. 사람은 누구나 태어나고 늙고 병들고 죽는 생로병사의 과정을 겪는다. 요즈음 의학기술이 많이 발달하여 사람이 각종 병들을 치료하지만, 창조주 하나님, 인간을 만드신 하나님께서 병든 인간들을 가장 잘 치료하실 수 있단다. 그 하나님을 신뢰하고 간절히 기도하면, 하나님께서 사람의 병을 치료해 주신다. 이런 치유 기사는 성경에 많이 기록되어 있고, 나도 몇 번 자유를 경험했다. 그러니 너희들도 혹시 병 들어 몸이 아플 때, 특히 아무도 도움을 줄 수 없을 때, 너희들의 하나님께 기도하거라. 그러면 하나님께서 치료해 주실 것이다. 그렇다고 현대 의술을 배척하지는 말아야 한다. 신자도 현대의술을 이용해서 병 치료나 수술을 받을 수도 있는 것이다. 현대의학이 손발을 든 병환일 때는 반드시 하나님께로 나아가 기도해야 한다.

오늘도 자비로운 주님 품 안에서, 또 엄마 안에서 행복하게 지내거라. 샬롬!

다섯째 날 _165일째
아직은 숨쉬기가 어려워요

사랑하는 별 둘아, 잘 있었니? 어제 밤에는 밤새 움직였다고 하네. 너희들의 움직임이 태동으로 엄마에게 느껴져서 엄마는 귀엽게 여기고 기뻐한단다. 둘이서 서로 운동도 하며 재미있게 지내면 몸도 두뇌도 발달한다고 했지? 열심히 놀고 장난도 치고 그렇게 하거라. 단 밤보다는 낮에. 밤에는 엄마가 쉬어야 하기 때문이다.

너희들은 지금 숨쉬기 운동을 하는데 우리들처럼 공기가 아니라 양수로 한단다. 가짜 호흡인 셈이다. 그래도 그런 연습을 잘해야 허파꽈리도 발달하게 된다고 지난번에도 이야기했지? 잘하고 있을 줄로 믿는다.

오늘의 말씀: **"너는 나 외에는 다른 신을 네게 두지 말라."**(출애굽기 20장 3절) 이 말씀은 십계명 가운데 첫 번째 계명이다. 가장 중요한 가르침이다. 신은 창조주 하나님 한 분밖에 없다. 피조물은 하나님만을 믿고 하나님만을 신뢰하고 하나님만을 주님으로 섬겨야 한다. 하나님 제일주의, 하나님의 뜻 제일주의, 하나님의 일 제일주의로 살아야 한

다. 너희들도 그렇게 해야 한다. 그것이 사람이 해야할 본분이기 때문이다.

주님의 은혜와 평강 가운데, 엄마의 모태 품 안에서 편히 쉬거라. 샬롬!

여섯째 날 _166일째

몸의 균형이 잡혀요.

사랑하는 별 둘아, 잘 지냈지? 한 밤중에도 노는 것이 엄마에게 느껴졌다고 해요. 너희들이 한번 잠자는 시간은 어른보다 짧아서 그렇게 중간에 깨서 놀았던 모양이구나.

너희들의 청각은 세 부분의 귀로 느낄 수 있다. 외이, 중이, 내이. 내이는 몸의 균형을 잡아주는 역할을 하는데 지금 많이 발달하였단다. 이것이 나중에 어른이 되거나 노인이 되면 장애를 일으키게 될 때도 있는데, 일어나다가 어지러워 쓰러지기도 한다. 나도 한번은 아침에 침대에서 일어나다가 어지러워 쓸어지는데 다행이 옆에 할머니의 침대를 집고 다치지는 않았다. 그러니 지금 발달해 가는 내이도 끝까지 건강해야 좋다. 너희들의 몸무게가 많이 늘어서 이제 엄마는 배를 극히 조심해야 한다. 물건이나 사람과 부딪치지 않게 말이다. 이제부터는 아빠가 엄마와 너희들을 잘 보호하고 보살펴야 할 것이다. 건강하게 태어나도록.

2부 말씀의 태교   **115**

오늘의 말씀: "나를 사랑하고 내 계명을 지키는 자에게는 천대까지 은혜를 베푸느니라."(출애굽기 20장 6절) 이 말씀에 따라 할아버지의 할아버지부터 아빠와 엄마까지 4대가 하나님을 잘 믿고 하나님을 사랑하고 계명을 지키려고 노력했다. 너희들도 그렇게 하거라. 하나님께서 자손 대대로 은혜와 복을 내려 주실 것이다.

이 하나님의 말씀을 명심하고 하나님의 사랑 안에서, 엄마의 모태 안에서 행복하게 잘 쉬거라. 샬롬!

일곱째 날 _167일째
맛이 느껴져요.

사랑하는 별 둘아, 잘 지내지? 오늘 낮엔 어떻게 지냈니? 엄마가 어떻게 놀았다는 이야기를 하지 않아서 궁금하구나.

성장정보에 의하면, 너희들의 혓바닥에 맛을 느끼게 하는 미뢰 세포가 충분히 생겨나서 맛을 느낄 수 있게 되었다고 하는구나. 그런데 거기서는 먹을 수 있는 것이 양수뿐이라 맛의 다양성을 별로 느끼지 못하겠구나. 바깥세상에는 먹거리가 아주 다양해서 달고, 시고, 짜고, 쓰고, 매운, 여러 가지 맛을 느낄 수 있단다. 이러한 별천지 같은 세상이 있다는 것을 알고 기대하고 있거라. 이제 한 100일 만 있으면 그런 세상으로 나오게 될 거야.

오늘의 말씀: **"네 부모를 공경하라."**(출애굽기 20장 12a절) 이 말씀은 5번째 계명이다. 이 계명에는 약속이 붙어있다. 땅에서 잘되고 장수한다는 약속이다. 너희들 아빠 엄마가 얼마나 고마우냐? 부모님 때문에 너희가 생겨났고. 아무 일도 안하지만 성장하고 커가지 않니? 아빠 엄마, 특히 엄마는 배도 불룩 나오고, 몸도 무거워지고, 힘도 들고, 잠도 잘못 자지만, 기쁨으로 너희들을 뱃속에 담고 키워가지 않니? 그러니 앞으로 부모님 공경을 잘하도록 하거라. 그렇게 하는 것이 너희들에게 큰 복이 된다. 이 땅에서 잘되고 장수하게 될 것이다. 명심하거라.

사랑하는 별 둘아, 오늘도 사랑의 주님 품 안에서, 엄마의 따스한 모태 안에서 잘 쉬거라. 샬롬!

" 솜털이 온몸에 나요."

168일
태아 크기 30cm
몸무게 600g

172일
태아 크기
34.6cm
몸무게 660g

173일
태아 크기
34.6cm
몸무게 660g

170일
태아 크기
34.6cm
몸무게 660g

171일
태아 크기
34.6cm
몸무게 660g

숨 쉬기 운동을 자꾸 해요.

사랑하는 별 둘아, 잘 지냈니? 오늘은 주일 예배를 드린 후 제수(작은 외할머니) 씨가 다리가 부러져 병원에 입원했는데 병문안을 다녀왔다. 밖에서 발을 잘못 디뎌 그렇게 되었다고 하는구나. 나이가 들면 조심해야 한다. 골다공증(뼈에 구멍이 많은 증세)으로 넘어져 다리가 부러지는 사람이 많단다. 살다보면 사고가 많기 때문에 너희들도 앞으로는 언제나 조심해야 할 것이다.

너희 둘이 크는 바람에 엄마의 경구가 짧아져서 모레 대학병원에 가서 진찰을 받아야 하는 모양이다. 아마 너희들이 예정일보다 한 3주 정도 빨리 세상에 나올 것으로 예상하고 있는데 그보다 더 빨리 나오면 병원에서 안정을 취해야 하기에 진찰을 받는 것 같다. 할아버지는 너희들이 자라고 태어나는 모든 과정에 하나님의 돌보심이 있기를 기도한다.

오늘의 말씀: **"네 이웃 사랑하기를 네 자신과 같이하라."**(레위기 19장 18c절) 이 말씀은 제일 큰 하나님 사랑에 관한 계명에 버금갈 정도로 귀중한 계명이라고 예수님께서 가르치셨다. 구약에서 서로 떨어져 있던 두 계명(하나님 사랑, 신명기 6장 5절; 이웃 사랑, 레위기 19장 18c절)을 한 곳에 나란히 놓고 강조한 예수님의 가르침을 통해서 이제 하나님 사랑과 이웃 사랑은 동전의 양면처럼 그렇게 밀접하게 결합된다. 순서로

는 하나님 사랑이 이웃 사랑보다 먼저이다. 실천으로는 이웃 사랑이 하나님 사랑보다 앞선다. 이제 하나님 사랑은 이웃 사랑을 통해서만 가능하다. 이웃 사랑이 없는 하나님 사랑은 없다. 너희들도 하나님 사랑과 이웃 사랑, 이웃 사랑과 하나님 사랑의 사람이 되도록 해야 할 것이다.

오늘도 주님과 엄마의 은혜와 사랑 가운데 편히 쉬거라. 샬롬!

셋째 날 _170일째
솜털이 온몸에 나요.

사랑하는 별 둘아, 안녕? 잘 지냈지? 너희 가운데 누가 지난밤에 딸꾹질을 했다며? 그것을 엄마가 느껴서 무척 귀여웠던 모양이야. 너희들 행동 하나 하나가 그렇게 신기하고 귀여운 것이야. 마음껏 하고 싶은 대로 하거라.

오늘은 너희들이 생긴 지 170일이 지났다. 주로는 24주 3일째라고 한다. 너희들의 온몸이 지방으로 덮여있고, 솜털같은 배내털이 피부를 덮고 있는데, 모근의 방향에 따라 비스듬하게 결을 이루고 있다고 한다. 보면 참 신기하고 아름다울 것 같애. 보고 싶구나! 너희들 몸무게는 600g, 610g이라고 한다. 잘 자라고 있는 것이다. 앞으로 매일 평균 20g 이상이 불어나게 될 것 같다. 태어날 때는 보통 3kg이 넘거든. 태어날 때까지 주님께서 잘 지켜주시고 선하게 인도하시고 키워주시

하부지 태교일지

기 바란다.

오늘의 말씀: **"여호와의 사랑을 입은 자는 그 곁에 안전히 살리로 다."**(신명기 33장 12b절) 가장 높고 위대하신 절대자, 전능자 하나님의 사랑을 입은 자가 가장 복되고 행복하단다. 사랑을 입고 그 곁(하나님의 집, 하나님의 궁전, 하나님의 나라)에서 사는 것이 얼마나 아름답고 복된지 모를 정도이다. 너희들도 하나님의 사랑을 입고 그 곁에 사는 가장 행복한 복된 사람들이 되기 바란다.

오늘도 주님과 엄마의 사랑과 은혜 가운데 행복하게 편안히 쉬거라. 샬롬!

넷째 날 _171일째
손가락에 손톱이 나요.

사랑하는 별 둘아, 오늘도 잘 지냈니? 무슨 클래식 음악을 들었니? 들으니 기분이 어때? 마음이 차분해지기도 하고 혹은 기쁨이 샘솟기도 하고 혹은 즐겁기도 하지 않던? 음악을 많이 듣는 것이 태교에 좋다고 한다. 너희들의 손가락이 고사리처럼 그렇게 자라났고, 손가락에 손톱도 나 있는데 너무나 귀엽다고 해요. 너무 예뻐서 엄마에게 자랑이라도 하고 싶을 정도일 거라고 해요. 세상에 태어나 너희 손가락으로 아빠 엄마 손가락을 잡으면 엄마 아빠가 얼마나 기쁘고 좋아할지 모를 정도니까, 태어나선 꼭 그렇게 해 봐요.

오늘의 말씀: **"강하고 담대하라. 두려워하지 말며 놀라지 말라. 네가 어디로 가든지 네 하나님 여호와가 너와 함께 하느니라."**(여호수아 1장 9b절) 하나님께서 모세의 뒤를 이어 백성을 이끌 여호수아(모세의 시종)에게 용기를 주신 말씀이다. 하나님이 함께 하시면 형통케 되고 당할 자가 없게 된다. 아무것도 두려워할 것이 없다. 여호수아는 담대한 마음을 갖고 이스라엘 백성을 이끄는 지도자로서 살아갈 수 있게 되었다. 하나님의 이 말씀이 너희들에게도 임하기를 바란다.

오늘도 주님과 엄마의 은혜와 사랑 안에서 행복하게 잘 쉬거라. 안녕!

다섯째 날 _172일째
피부색이 불투명해져요.

사랑하는 별 둘아, 잘 지내지? 엄마는 종합건강검진을 했는데 당이나 갑상선기능 등 아무 이상이 없단다. 감사한 일이지. 다만 너희 둘을 품고 다니니 힘도 들고, 너희들이 빨리 나올까 봐서 염려하는 것이지. 그러나 모든 염려는 하나님께 맡겨야 한다. 하나님께서 그렇게 권면하셨단다. 하나님께서 너희들을 가장 아름답게 인도해 주실 것이다.

성장정보에 의하면, 너희들의 피부가 변화기 시작한다고 해요. 아직 지방질이 없어서 피부에 주름이 많고, 투명했던 피부는 그 아래 모세혈관이 생겨 불그스름한 빛을 띠면서 불투명해진다고 한다.

오늘의 말씀: **"네 시작은 미약하였으나 네 나중은 심히 창대하리라."**(욥기 8장 7절) 이 말씀은 꼭 별 둘이 너희를 두고 하는 말씀 같다. 너희들의 시작은 정말로 작고 미약했다. 이제는 점점 커져서 태어나고, 그 후에는 지금과 비교하면 장대하게 클 것이다. 키만이 아니라 이름, 활동의 영역, 영향력, 가정과 가업의 세력 등이 하나님의 함께 하심과 도우심으로 심히 창대하게 될 것이다. 또 그렇게 되기를 기도한다.

오늘도 주님과 엄마의 은혜와 사랑 가운데 편안히 행복하게 쉬거라. 안녕!

여섯째 날 _173일째
여기는 신기한 것 천지에요.

사랑하는 별 둘아, 오늘은 아주 잘 지낸 모양이구나. 밤에도 태동, 아침부터 태동. 엄마가 느낄 정도로 움직였다고 해. 너희들이 움직이는 공간이 엄마의 자궁인데 그 속이 신기한 것으로 가득한가 봐. 너희들이 그 속을 돌아다니며 주변을 탐색하는데 열중한다고 하네. 마치 인류가 신비로 가득한 우주의 탐험에 열중하고 있는 것처럼. 그 안이 얼마나 신비로운지 나중에라도 그 느낌을 이야기해 줄 수 있으면 좋겠다. 너희들이 자라는 자궁 속에 신기한 것들이 많다는데 가능한 한 많이 닮엄해서 더 많이 보고 느끼기를 바래요.

오늘의 말씀 **"너희가 섬길 자를 오늘 택하라. 오직 나와 내 집은 여호와를 섬기겠노라."**(여호수아 24장 15b절) 여호수아가 약속의 땅 가나안을 점령한 후에 백성들에게 하나님을 섬기는 것이 좋지 않게 보이거든 아모리족의 신이나 다른 신이든지 섬길 자를 택하라고 하면서 한 말씀이다. 우리는 물론 너희들도 그리고 너희들의 가정도 여호수아처럼 여호와 하나님만을 섬겨야 한다. 다른 신은 죽은 신, 존재하지 않는 신, 인간이 만든 신이지만, 여호와 하나님만이 유일한, 살아계신, 스스로 존재하는 신이기 때문이다. 하나님을 섬기되 탁월하게 섬겨야 한다. 그 하나님의 은혜로 우리가 존재하고 움직이며 살고 있기 때문이다.

사랑하는 별 둘아, 오늘도 주님과 엄마의 은혜와 사랑 안에서 행복하게 잘 쉬거라. 안녕!

별 둘이 25주째

" 여섯째 달에 접어듭니다."

175일
태아 크기 34.6cm
몸무게 660g

178일
태아 크기 35.6cm
몸무게 760g

176일
태아 크기 35.6cm
몸무게 760g

177일
태아 크기 35.6cm
몸무게 760g

179일
태아 크기 35.6cm
몸무게 760g

180일
태아 크기 35.6cm
몸무게 760g

181일
태아 크기 35.6cm
몸무게 760g

몸무게가 많이 늘어났어요.

사랑하는 별 둘아, 오늘 오전 교회 사무실에서 엄마와 인사를 나누고 너희들에게도 '안녕, 별 둘아'라고 했는데 들었는지 모르겠구나. 교회 안이니까 작은 소리로 해서 듣지 못했을 수도 있을 거야. 엄마는 얼굴이 좋더구나. 많이 안심이 된다. 엄마도 너희들도 다 건강해서 출산을 잘했으면 한다.

너희들의 몸무게가 이젠 한 주 동안 100g 정도가 는다고 해. 지금 체중은 약 700g이 된다는구나. 몸이 커져서 엄마 자궁 안의 빈 공간을 점점 채워간다고 한다. 앞으로는 막 돌거나 뒤집거나 하기가 쉽지 않을 거야. 이제 너희들이 잉태된 지 25주가 되었고 약 85일 후에는 세상으로 태어나게 된다는구나. 보통 혼자 아이보다 3주 먼저 나온대. 그만큼 빨리 너희들을 보게 되니 기쁘다. 그때까지 건강하게 재미있게 잘 지내거라.

오늘의 말씀: **"여호와는 나의 목자시니 내게 부족함이 없으리로다."**(시편 23편 1절) 하나님은 목자처럼 우리들을 먹거리가 풍성한 푸른 초장으로 맑은 물가로 선하고 아름답게 인도하신다.그래서 우리들의 삶에 부족함이 없게 해 주신다. "부족함이 없으리로다" 대신에 '아쉬울 것이 없어라'로 번역할 수도 있다. 목자되신 하나님을 깊이 신뢰하고 그분에게 미래를 맡기고 살아가면, 그분께서 아름답게 인도하셔서 아

쉬울 것이 없는 삶으로 인도하신단다. 너희들도 하나님이 너희들의 목자가 되시도록 그분을 신뢰하고 따르는 삶을 살도록 하거라.

둘째 날 _176일째
불빛을 따라갈 수 있어요.

사랑하는 별 둘아, 오늘 엄마랑 세종시 교육부에 다녀왔다며? 엄마는 너희 둘을 데리고 가느라고 힘들었겠는데 너희들은 어땠니? 피곤하니 아니면 재미있었니? 교육부는 우리나라 교육의 제반을 관장하는 정부 부처란다. 유아교육부터 대학원교육까지 그리고 평생교육까지도. 너희들도 교육을 잘 받아서 나중에 사회와 교회, 나라에 귀하게 쓰이는 인물이 되기를 바란다.

너희들이 엄마 배 안에 있으면서도, 그리고 눈을 아직 뜨지 못했음에도 빛을 인지하게 되었다고 하니 놀랍구나. 거기는 빛이 들어오지 않는 캄캄한 곳인 줄 알았는데. 엄마의 복부에 손전등을 켜서 비추며 한끝에서 다른 끝으로 이동시키면 너희들의 머리가 불빛 방향으로 따라 움직인다고 하는구나. 그렇다면 이미 시신경이 작용함이 분명하다. 또 빛이 피부를 뚫고 그 속에까지 약간 환하게 비치는 모양이구나. 너희들의 머리가 시신경에 의해 빛을 따라 움직이는 것이 해바라기를 연상시킨다. 해바라기는 태양을 따라 돈단다.

이것처럼 우리 기독교인들은 주바라기가 되어야 한다. 주님을 늘 바라보며 따라가야 가장 훌륭한 신앙인이 될 수 있다. 오늘은 이 말씀으로 오늘의 말씀을 대신한다.

주님과 엄마의 사랑과 은혜 안에서 행복하게 지내거라. 샬롬!

셋째 날 _177일째
피부가 두꺼워져요.

사랑하는 별 둘아, 잘 지내지? 너희들의 피부가 여전히 주름은 많지만 피하지방이 피부 밑을 채우면서 두꺼워지고 색은 연해지고 있다. 투명했던 피부가 모세혈관이 형성되고 붉은 피가 혈관을 도니 투명도가 떨어지고 점점 더 붉은색을 띄게 된단다. 어른이 되어 피부가 불투명해도 빛은 완벽하게 차단하지 못해서 어제 이야기한 것처럼 엄마 복부에 손전등 불빛을 비춰서 움직이면 너희들의 시신경이 반응해서 머리가 따라 돌아가는 것은 이해가 된다. 엄마는 너희들 때문에 신진대사와 혈액순환이 임신 전보다 더 활발해졌다고 하는구나. 그 덕분에 손톱 발톱이 쑥쑥 자라서 더 자주 깎아주어야 한대. 좀 번거롭기는 하겠지. ㅋㅋ

오늘의 말씀: **"주의 사랑으로 나를 구원하소서."**(시편 6편 4b절). 우주의 모든 피조물이 존재하는 비밀은 하나님의 사랑이다. 그 무궁한 사

랑이 하나님을 떠나 불운에 빠진 우리 죄인들을 구원한다. 이 놀라운 사랑이 예수님의 십자가에 나타났다. 나 대신 지신 그 험한 십자가에서 놀라운 하나님의 사랑을 발견한 사람은 구원을 얻게 된다. 이 시편의 시는 하나님의 놀라운 사랑으로 이런 구원을 얻게 되기를 간구하는 것이다. 너희들도 하나님의 이 놀랍고도 무궁한 사랑을 일찍 경험하면 좋겠구나.

오늘도 주님과 엄마의 놀라운 사랑과 은혜 가운데 편히 쉬기를 바란다. 샬롬!

넷째 날 _178일째
점점 몸 형태가 잡혀가요.

사랑하는 별 둘아, 잘 지내지? 하루가 (화)살같이 지나가는구나. 하루 동안 너희들이 조금씩 커서 엄마 배도 조금씩 불어나고 있다. 이젠 너희들의 모습이 점점 완전한 모양을 갖추게 되었다고 한다. 눈썹과 속눈썹 그리고 손톱 등이 그렇단다. 이제 보아도 전혀 이상하지 않고 아름답고 앙증맞겠구나.

오늘은 새벽에 눈이 왔었고, 오후 늦게도 눈이 왔다. 하늘에서 흰 눈이 펑펑 오면 아이들도 강아지들도 좋아라고 뛰어다닌단다. 거기서 너희들은 흰 눈이 내리는 것을 상상도 못하겠지만 세상에 나오면 구경할 수 있고, 감상에 젖을 수 있을 거야. 겨울철에 흰 눈이 내린다는 것을 기억하고 있거라.

오늘의 말씀 **"너희는 여호와의 선하심을 맛보아 알지어다."**(시편 34편 8a절) 하나님은 선하시다. 그분만이 선하시다. 모든 만물을 그것이 선하든지 혹은 악하든지 간에 선으로 좋고 아름답게 다스리신다. 우리는 그 선하신 하나님을 경험적으로 만날 수 있고 – 물론 믿음으로 –, 그분의 선하심을 맛볼 수 있다. 이렇게 그분을 경험적으로 알고 그분의 선하심을 맛보는 자는 복이 있다. 너희들도 믿음 안에서 그분의 선하심을 맛보아 알 수 있으면 좋겠다.

사랑하는 별 둘아, 오늘도 주님과 엄마의 사랑과 은혜 안에서 잘 쉬거라. 안녕!

다섯째 날 _179일째
콧구멍이 생겼어요.

사랑하는 별 둘아, 오늘도 잘 지냈지? 여기는 벌써 밤이다. 하루 일과를 마치고 쉬는 시간이다. 우리는 밤마다 가정예배를 드리고 잔단다. 그때마다 너희들과 엄마 아빠를 위해 기도드린다.

성장정보에 의하면, 너희들의 콧구멍이 생겨나서 공기는 없지만, 양수를 가지고 숨쉬기 연습 혹은 흉내를 내기 시작한다는구나. 양수

가 드나들 때와 신선한 공기가 드나들 때와는 엄청 다를 것이다. 세상에 나와서 공기 마실 것을 기대해 보면서 심호흡도 연습해 보거라.

오늘의 말씀: **"너희 성도들아 여호와를 경외하라. 그를 경외하는 자에게는 부족함이 없도다."**(시편 34편 9절) 여호와 하나님을 경외하는 도가 성경에서 가장 중요한 가르침 중의 하나다. 하나님 경외의 도는 영원까지 이른다. 그 경외가 지혜와 지식의 근본이다. 그 본질은 하나님을 목숨보다 진하게 사랑하는 것이다. 그를 경외하는 자가 복이 있고, 그에게 부족함이 없고, 하나님께서는 그를 지켜주시고 구원해 주신다. 너희들은 하나님 경외를 탁월하게 하는 아이들이 되기를 바란다.

오늘도 주와 엄마 안에서 편히 쉬기를 기원한다. 샬롬!

여섯째 날 _180일째
이젠 지문이 또렷해요.

사랑하는 별 둘아, 오늘은 너희가 생긴 지 180일째다. 이제 3분의 2가 지났다. 80일쯤 있으면 세상에 태어난다. 인간관계의 망 속으로 태어나는 것이다. 아빠 엄마, 할아버지 할머니, 고모님들과 고모부님들, 사촌 형제와 자매님들이 친가 쪽이고, 외할아버지 할머니, 외삼촌들. 외가 쪽 사촌 형제와 자매들은 유감스럽게도 아직은 없구나. 앞으로 친구들, 동창들, 선생님, 선후배들, 동향사람 등등 무수한 관계의 그물망이 생기게 된다. 좋은 관계를 만드는 것이 요체다. 어떤 관계든 지 너희들에게 힘이 될 수 있는 좋은 관계를 만들어 가길 바란다. 아빠 엄마가 오늘을 기념하여 너희들의 초음파 사진도 찍고, 결혼촬영처럼 만삭촬영도 하였단다. 한 4~5분짜리 동영상까지 만들었다. 엄마의 배 부른 모습을 나중에 너희들도 볼 수 있을 것이다.

앞에 성장정보에 의하면, 손가락과 발가락에 지문이 뚜렷하게 완성 되었다고 한다. 각자에게 다 독특한 지문이어서 지문이 그 사람의 정 체성을 구별하는데 사용되기도 한다. 쌍둥이인 너희들조차도 지문은 서로 다르단다.

오늘의 말씀: **"하나님은 영원히 우리의 하나님이시니 그가 우리를 죽을 때까지 인도하시리라."**(시편 48편 15절) 너희들이 하나님을 인격적 으로 만나 그 하나님을 제일로 모시면, 하나님은 너희의 하나님이 되 신다. 목자가 양을 푸른 초장으로 맑은 시냇 물가로 인도하듯이 하나 님은 너희들을 아쉬울 것이 없는 삶으로 죽을 때까지 평생을 인도하 시고 각자에게 주어진 사명을 이룰 때까지 함께 하실 것이다. 죽은 후 에는 영광된 신령한 몸으로 부활시켜 자녀를 삼으시고 영원토록 함께 하신단다. 얼마나 좋으냐? 우리 하나님, 좋으신 하나님을 너희들의 하 나님으로 삼거라.

오늘도 주님과 엄마의 사랑의 품 안에서 편히 행복하게 쉬거라. 샬 롬을 기원한다.

호흡하기가 쉬워져요.

사랑하는 별 둘아, 잘 지냈지? 오늘은 많이 늦었구나. 내 장모님(너희들의 외증조모) 구순, 나(외할아버지)의 칠순, 너희 아빠의 42회 생일 축하연을 하느라고 늦게야 집에 도착해서 이 글을 쓴다. 너희들은 오늘이 아빠의 생신인 것을 꼭 기억해 두었다가 축하해 드리거라.

성장정보에 의하면, 폐 속에 폐포가 발달하기 시작해서 8살 때까지 계속 증가한다고 하는구나. 폐포 주위에 혈관이 기하급수적으로 증가하고, 이 혈관은 산소를 흡수하고 이산화탄소를 방출하는 역할을 한다. 이런 것들이 발달하여 호흡하기가 수월해진다는구나.

오늘의 말씀: **"하나님이여 내 속에 정한 마음을 창조하시고 내안에 정직한 영을 새롭게 하소서."**(시편 51편 10절) 범죄한 다윗이 회개하고 새로운 사람이 되고자 탄원하는 시 중의 한 구절이다. 우리는 범죄하지 않았다고 하더라도 언제나 하나님 앞에서 영을 새롭게 하고 정직하게 하며, 정한 마음, 맑은 마음을 갖도록 해야 할 것이다. 하나님은 마음과 생각까지를 감찰하시고 그분 앞에서는 모든 것이 환하게 드러나기 때문이다.

사랑하는 별 둘아, 오늘도 주와 엄마의 사랑과 은혜의 품안에서 평안히 쉬거라. 안녕!

별 둘이 26주째

" 어서 눈을 뜨고 싶어요."

182일
태아 크기 35.6cm
몸무게 760g

185일
태아 크기 36.6cm
몸무게 875g

186일
태아 크기 36.6cm
몸무게 875g

187일
태아 크기 36.6cm
몸무게 875g

188일
태아 크기 36.6cm
몸무게 875g

183일
태아 크기 36.6cm
몸무게 875g

184일
태아 크기 36.6cm
몸무게 875g

grow
UP

첫째 날 _182일째
어서 눈을 뜨고 싶어요.

사랑하는 별 둘아, 잘 지냈지? 오늘은 주일이어서 아빠 엄마랑 교회에서 함께 예배를 드렸다. 엄마 배가 많이 불렀더라. 몸도 무거워 하고. 그래도 중창단으로 찬양을 했단다. 나중에 너희들도 아빠 엄마랑 함께 찬양을 하면 멋있을 것 같아. 악기는 꼭 하나씩 잘 연주할 수 있도록 하면 더 좋을 거야. 나는 올갠과 기타를 혼자 배웠는데 연주할 만한 수준까지 가지 못한 것이 늘 아쉬웠단다.

엄마가 너희들이 움직이는 태동을 동영상으로 찍어서 올렸다. 불룩한 배의 한 모퉁이가 움찔움찔 하더구나. 신기하더라. 너희들이 건강하게 자라는 신호라서 안심도 되고. 이젠 너희들의 망막도 만들어졌고, 앞으로 2주 후면 눈을 뜬대요. 그러면 사물의 빛이 망막에 비춰서 사물을 보고 인지할 수 있게 된단다. 거기는 볼 것도 많지 않고 어두워서 잘 보이지도 않겠지. 너희들의 몸무게도 많이 늘어서 금주에는 약 900g까지 나가게 된단다. 앞으로도 점점 증가하게 될 것이다.

오늘의 말씀: **"비파야, 수금아 깰지어다. 내가 새벽을 깨우리로다."**(시편 57편 8절) 이 시인처럼 새벽을 깨우는 사람이 되면 좋겠다. 새벽에는 사람들이 다 자고 있어서 아침이 온 것을 모르는데, 시대의 여명이 밝아 와도 마찬가지다. 많은 사람들이 그 사실을 모른 채 영적으

로 자고 있을 것이다. 별 둘이는 시대의 새벽을 깨울 수 있는 선각자가 되기를 바란다.

오늘도 주님과 엄마의 사랑과 자비의 품 안에서 편히 잘 쉬거라. 안녕.

둘째 날 _183일째
앞에 양수가 있어요.

사랑하는 별 둘아, 잘 지냈지? 나는 사무총회를 준비하느라고 정신이 없었다. 사무총회는 교회가 일년 동안 어떤 행사를 하고 수입 지출이 어떻게 된 것인가를 교회 공동체 앞에서 보고하고 내년도 행사 계획과 수입·지출 예산을 세운 것을 재가 받는 회의이다. 나는 이 중에서 결산 맞추는 것이 가장 힘들었다. 이제 거의 끝났다. 엄마는 임신성당뇨 검사 때문에 병원에도 자주 갔는데 당뇨 확정 후에 염려를 제법 하는구나. 그러나 하나님께서 잘 지켜주실 줄 믿는다.

너희들의 눈이 이제 작동하기 시작하는 모양이다. 눈꺼풀도 완전히 형성되고 눈동자도 만들어져서 눈을 뜨기 시작한다는구나. 눈을 떠서 앞을 보기도 하고 초점을 맞추기도 하고. 동공은 태어난 후 몇 달이 지나야 원래의 색(검정?)을 띠게 된다고 해요.

오늘의 말씀: **"주의 인자하심이 생명보다 나음으로 내 입술이 주를 찬양할 것이라."**(시편 63편 3절) 하나님의 인자, 즉 사랑과 자비는 무궁

하다. 목숨보다 진하다. 그것을 맛보고 경험한 자들은 하나님의 인자가 생명보다 낫고 목숨보다 귀한 하나님의 사랑을 알고 그 하나님을 목숨보다 더 강렬하게 사랑하여 늘 주님을 찬양하게 된다. 우리도 하나님의 인자하심을 맛보아 알고 하나님과 목숨보다 진한 사랑의 교재를 나누며 하나님을 늘 찬양하는 성도들이 되어야 한다.

오늘도 주님과 엄마의 인자한 사랑과 자비의 품 안에서 행복하게 잘 쉬거라. 샬롬!

셋째 날 _184일째
이상한 소리가 들려요.

사랑하는 별 둘아. 오늘도 잘 지냈지? 낮에는 조금씩 움직이다가 엄마가 쉴 때면 이때다 하고 개구쟁이처럼, 폭풍우 같이 움직인다며? 이제는 너희들이 제법 커서 움직이며 퉁퉁치는 태동이 배를 울룩불룩하게 해서 눈으로도 다 보인다는구나. 예사롭지 않은 움직임이어서 너희들이 건강하고 힘찬 아이들 같다고 엄마는 좋아하고 있어요. 앞으로도 계속 건강하고 힘차게 자라도록 하거라. 엄마는 임신성당뇨 때문에 식단에 맞춰 식사를 해야 한다니 잘되었다. 아주 건강한 식단이 될 테니 말이다. 그래도 엄마를 위해 기도의 마음을 가지고 자라도록 하거라.

오늘의 말씀: **"주께 힘을 얻고 그 마음에 시온의 대로가 있는 자는 복이 있나이다."**(시편 84편 5절) 사람은 때때로 실패하고 병들었을 때 실망하고 낙담하며 좌절하고 절망에 빠지기도 한다. 이러한 때 하나님으로부터 힘과 위로를 받으면 얼마나 힘차게 세상을 살아갈 용기가 생기겠느냐? 하나님으로부터 힘과 능력을 얻고 마음에 시온을 향한 대로, 즉 하나님(의 성읍)을 향해 직선으로 난 넓은 길을 빠르게 거칠 것 없이 달려가서 위로 받는 그런 은혜를 받는 사람은 진정 복이 있는 사람이다. 자기의 모든 문제를 해결할 수 있으니 말이다. 너희들도 이 구절에 나오는 그러한 복 있는 자들이 되기 바란다.

오늘도 주님과 엄마의 사랑과 자비가 충만한 품 안에서 행복한 잠을 자거라. 샬롬!

넷째 날 _185일째

헤엄칠 수가 있어요.

사랑하는 별 둘아, 오늘도 잘 지냈지? 너희들이 엄마 자궁 속의 양수 안에서 헤엄치며 놀고 있다는구나. 좁지는 않니? 발차기도 강하게 하고 위아래로 움직이기도 하고 몸도 뒤집겠지. 발로 세게 찰 때 태동이 강하게 느껴질 거야. 태동이 강하게 느껴질 정도면, 너희들이 건강하고 힘차다는 증거니까 좋은 거지. 안심도 되고. 태어나는 순간까지 건강하게 잘 지내길 기도한다.

오늘의 말씀: "**의인들은 종려나무 같이 번성하고 레바논의 백향목 같이 성장하리로다.**"(시편 92편 12절) 의인은 주님을 믿고 그의 말씀대로 사는 사람을 말한다. 종려나무는 광야의 수목 중에 왕자이고, 백향목은 산림의 왕이다. 하나님을 잘 믿고 그의 말씀을 잘 준행하며 사는 자들은 왕자나 왕처럼 그렇게 존귀하게 번성하며 성장하게 된다는 말씀이다. 너희들도 그러한 의인들이 되거라.

오늘도 이 말씀을 부여잡고 엄마와 주님의 사랑의 품 안에서 편안히 쉬거라. 샬롬!

넷째 날 _186일째

뇌가 발달해요. 아주 중요한 시기에요.

사랑하는 별 둘아, 오늘도 잘 지내지? 새벽 3~4시쯤에 폭풍태동을 했다며? 배 모양이 바뀔 정도로 ㅋㅋ. 사내아이들이니까 움직이고 운동할 때는 힘차게 열심히 해야지. 이제 너희들의 이름을 어떻게 짓느냐가 중요한데, 끝에 '호'자 돌림이니 오늘 '호'자가 들어가는 이름을 전수(전부) 조사해 보았다. 아마 아빠와 할아버지가 결정하게 될 거야. 그 이름도 전수 조사한 이름 가운데 있게 되겠지.

성장정보에 의하면, 너희들의 뇌가 급격하게 발달하며 성장을 계속

한다고 한다. 뇌가 잘 발달하고 많이 성장해서 뇌용량이 커야 두뇌가 좋단다. 너희들의 뇌가 그렇게 잘 발달해서 두뇌가 뛰어난 사람들이 되기를 기원한다.

오늘의 말씀: "여호와를 경외하며 그의 계명을 크게 즐거워하는 자는 복이 있도다."(시편 112편 1절) 하나님 경외가 지식과 지혜의 근본이다. 그 본질은 하나님을 목숨보다 진하게 사랑함이다. 그를 그렇게 사랑하는 사람은 그의 계명을 크게 즐거워하는 자들이다. 이렇게 하나님을 경외하는 자는 복이 있고, 그에게는 부족함이 없게 된다. 하나님 경외가 신앙생활의 가장 중요한 덕목이다. 너희들은 하나님 경외를 탁월하게 하는 사람들이 되거라. 하나님께서 복 주시고 귀하게 쓰실 것이다.

오늘도 주님과 엄마의 사랑과 따뜻한 품 안에서 행복하게 잘 쉬거라. 안녕!

다섯째 날 _187일째

계속 커가고 있어요.

사랑하는 별 둘아, 잘 지내지? 너희들이 계속 성장하고 있다고 한다. 폐와 간 그리고 면역체계는 아직 완전히 완성되지 않았지만 앞으로 계속 성장하고 발전해 나간다는구나. 육체적인 성장은 한 20살 정도까지는 계속된다. 정신적인 성장은 6~70살까지 지속될 것이다. 인격적인 성장은 죽을 때까지 가능할 것이다. 우리 별 둘이는 육체적인 성장과 정신적인 성장, 인격적인 성장을 다 잘 이루도록 하거라.

오늘의 말씀: **"야곱의 족속아, 오라 우리가 여호와의 빛에 행하자."**(이사야 2장 5절) 야곱의 족속은 이스라엘 백성을 일컫는다. 여호와의 빛에는 숨길 것이 없다. 마음의 생각, 행동 등이 다 드러난다. 악하거나 사특한 생각과 행동은 하지 말아야 한다. 하나님께서 기뻐하시는 생각과 행동을 해야 한다. 우리는 새 이스라엘 백성이다. 하나님의 빛에서 아름다운 생각을 하며 그분의 뜻에 맞는 행동을 해야 한다. 이렇게 그분의 빛 안에서 행하면 우리도 세상을 밝히는 빛이 될 것이다.

오늘도 사랑 많으신 주님과 엄마의 따스한 품 안에서 편히 행복하게 쉬거라. 안녕!

일곱째 날 _188일째

엄마 기분이 내 기분이에요. 엄마 파이팅.

사랑하는 별 둘아, 오늘도 잘 지냈지? 나는 오후에 운동하러 나갔는데, 살을 에이는 듯이 추위가 아주 매섭게 느껴졌다. 그래도 40분 정도 산책을 했지. 요즘 굉장히 추워서 71년 만에 처음으로 12월에 한강이 얼었단다. 그만큼 추운데 너희들은 엄마 자궁 안에서 추운 줄도 모르지? 엄마가 주위를 다 막아주시니 감사하지?

너희들의 신체가 거의 다 형성되어서 감정도 느낄 수 있게 되었다고 하는구나. 특히 엄마와 탯줄로 연결되어 엄마의 감정을 그대로 너희들의 감정처럼 느끼게 된대요. 엄마가 기분이 좋고 즐거우면 너희들도 덩달아 즐거워하고, 엄마가 우울하고 슬프면 너희들도 그렇게 된다. 그러니 엄마가 즐겁고 기쁜 나날을 보내게 해야 하겠구나. 그래야 너희들도 좋고 긍정적인 기분을 느끼며 즐겁게 자라지.

오늘의 말씀: **"두려워하지 말라. 내가 너와 함께 함이니라."** (이사야 41장 10a절) 창조주 하나님은 전능하신 분이시다. 그분은 능치 못할 일이 없다. 그분이 함께 하면 모든 것이 가능하다. 어떤 어렵고 힘든 일이 닥친다고 하더라도 두려워하지 말아야 한다. 함께 하시는 전능하신 하나님께서 지켜주시고 도와주셔서 문제를 극복하게 해 주신다. 너희들도 함께 하시는 하나님을 깊이 신뢰하고 두려움 없는 삶을 살도록 하거라.

추운 오늘도 주님과 엄마의 따뜻한 사랑의 품 안에서 감사하면서 편히 쉬거라. 안녕. 사랑하는 별 둘아.

별 둘이 27주째

" 엄마 뱃속이 답답해요. "

✫grow✫
UP

189일
태아 크기 36.6cm
몸무게 875g

192일
태아 크기 37.6cm
몸무게 1kg

193일
태아 크기 37.6cm
몸무게 1kg

194일
태아 크기 37.6cm
몸무게 1kg

195일
태아 크기 37.6cm
몸무게 1kg

190일
태아 크기 37.6cm
몸무게 1kg

191일
태아 크기 37.6cm
몸무게 1kg

숨쉬기 운동을 해요.

사랑하는 별 둘아, 오늘은 주일인데 잘 지냈지? 교회에서 아빠 엄마 만나 함께 예배를 드리고 사무총회도 했다. 저번에 이야기한 대로 사무총회는 일 년 사역보고와 재정보고를 하고 새해 예산과 사업을 확정하는 회의인데, 잘 끝냈다. 열심히 해서 교회를 더욱 발전시킬 일만 남았다.

성장정보에 의하면, 너희들이 숨쉬기 운동을 한다고 했는데, 숨쉬기 운동에 관해서는 벌써 두어 번 이야기를 해서 오늘의 말씀으로 들어가겠다.

오늘의 말씀: **"여호와를 의뢰하는 그 사람은 복을 받을 것이라."**(예레미야 17장 7절) 의뢰라는 말은 의지하고 신뢰한다는 말이다. 하나님을 의지하고 신뢰하는 사람은 복이 있다. 하나님을 신뢰한다는 것은 하나님을 믿고 그에게 자신의 전 존재와 미래 전체를 하나님께 맡긴다는 뜻이다. 너희들도 이렇게 하나님을 의지하고 신뢰하는 복된 사람들이 되기 바란다.

오늘도 밖은 아주 춥다. 주님과 엄마의 따뜻한 품 안에서 행복하게 쉬거라. 안녕!

둘째 날 _190일째
이곳이 조금 답답해요.

사랑하는 별 둘아, 잘 지내지? 오늘은 외할아버지가 오후 6시에 시작하는 신우회에 참석하기 때문에 좀 일찍 글을 쓴다. 좋지?

이제 너희들의 몸무게가 거의 1kg에 육박하는 모양이다. 엄마는 다음 주 정기검진 때 너희들이 1kg가 넘었으면 해요. 그리고 요즘 너희들의 뇌가 하루가 다르게 성장한다는구나. 다른 부위와 장기도 그렇지만 뇌는 정말 잘 성장해야 한다. 그렇게 기도하마. 너희들이 점점 커감에 따라 엄마 뱃속이 좀 답답해질 거야. 사이좋게 잘 지내야지. 내가 더 편하게 지내려고 욕심을 부리면 서로 피해가 가니까 조심해야 할 거야. ~~

오늘의 말씀: **"일어나라. 빛을 발하라."**(이사야 60장 1절) 빛이 비추이면 모든 어둠은 물러간다. 어둠은 빛을 이길 수 없다. 예수님은 세상의 빛으로 오셨다. 그분은 인간을 어둡게 하는 모든 흑암을 물리치신다. 그분의 빛을 받은 사람은 더 이상 어두움에 다니지 않는다. 아름답고 바르고 선한 행동을 하며 세상에 그분의 빛을 반사하는 빛으로 살게 된다. 예수님의 빛을 받고 그의 은혜를 받은 자는 이제 담대하게 일어나서 빛을 발해야 한다. 너희도 예수님의 빛을 받아 그 빛을 반사하는 빛으로 살기를 바란다.

오늘은 눈이 많이 왔다. 주님과 엄마 품안에서 따스하게 행복하게 지내거라. 샬롬!

30분씩 꿈뻑꿈뻑 잠을 자요.

사랑하는 별 둘아, 오늘도 잘 지냈지? 너희들은 모태에서 잠을 잔다고 한다. 우리 어른들의 이상적인 낮잠 시간인 30분씩 잠을 잔다. 그러니까 밤에 오래 자는 엄마 잠시간과 맞지 않구나. 내가 그것도 모르고 잠시간을 맞추면 좋겠다고 말했구나. 이젠 누구의 눈치도 볼 필요 없이 30분씩 푹 자고, 열심히 활동하고 또 자고 하면 되겠다.

오늘의 말씀: **"내가 너를 지명하여 불렀나니 너는 내 것이라."**(이사야 43장 le절) 하나님께서 포로생활을 하는 이스라엘 백성에게 하신 말씀이다. 하나님의 것이면 두려워할 필요가 없다. 하나님은 자기의 것을 모든 재난과 환난에서 지켜주시고, 보배롭고 존귀하게 여기며, 사랑하신다. 특히 지명하여 부른 이스라엘 백성은 더욱 그렇다. 그러니 세상에서 두려워할 것이 아무것도 없다. 조상 4대의 신앙 유산을 가진 너희들도 분명히 하나님께서 지명하여 부른 하나님의 것이 틀림없다. 그 부르심에 잘 응답하여 하나님을 깊이 신뢰하고 사랑하며, 그분의 일을 가장 중요히 여기며, 자부심을 가지고 당당하게 살아가거라.

주 안에서 평강을 기원한다. 샬롬!

넷째 날 _192일째

포동이가 되어가요.

사랑하는 별 둘아, 잘 지내지? 지난밤에는 밤새도록 폭풍태동을 했다고 하더구나. 덕분에 엄마는 잠을 깊게 잘 수도 없었지만, 그래도 좋은 모양이다. 지금 너희들 몸무게가 약 1kg인데 태어날 때는 2.5~3kg가 될 거야. 지금도 엄마 배가 많이 나왔는데, 그때쯤 지금보다 2배나 나오게 된단다. 그때는 진짜 쌍둥이 만삭이다. 다른 사람들보다 거의 2배는 부풀어지니까. 엄마의 몸맵시는 접어두어야 하겠지. 그러나 그런 맵시 없는 몸매도 다른 이에게 별 둘이를 배태한 생명에 대한 경외감을 느끼게 해줄 거야.

성장정보에 의하면, 너희들의 머리카락이 점점 길어지고, 피하지방이 증가하면서 몸도 포동포동해지고 주름도 점점 적어져서 보기는 좋아 보인다고 한다. 태어날 때는 더 포동포동해지겠지. 그때는 품에 안고 너희들의 살결이 얼마나 부드럽고 포동포동한지 얼굴을 만져볼 수도 있을 거야.

오늘의 말씀: **"너희가 전심으로 나를 찾고 찾으면 나를 만나리라."**(예레미야 29장 13절) 하나님을 떠난 것이 인간의 불운이었다. 하나님을 만나고 그를 경험적으로 아는 것이 생명이고 구원이며 행복이다. 하나님을 몰라서 삶이 힘들고 어떻게 살아야 할지 모를 때 하나님을 찾아라. 하나님을 찾고 찾으면 만나게 되고, 삶의 문제가 해결되고, 행

복하고 의미 있는 삶을 살게 될 것이다. 너희들은 이런 과정을 걷는 것보다 여인이 낳은 자 중에 가장 위대한 사람처럼 아예 모태에서 성령에 충만하여 하나님을 알고 평생을 그분과 같이 동행하며 살도록 해라. 혹시 자라다가 아니면 청년시절에 하나님을 떠난 때가 잠시라도 생길지 몰라서 노파심에서 이 말씀을 소개한 것이다. 나도 목사의 아들로 태어났지만 청년시절에 한 7년간 하나님을 떠난 적이 있었단다.

오늘도 주님과 엄마의 사랑과 은혜 가운데 행복하게 쉬거라. 샬롬!

다섯째 날 _193일째
오늘 꿈도 꿨어요

사랑하는 별 둘아, 오늘도 잘 지냈지? 너희들의 둘째 외삼촌이 미국에서 성탄절 방학으로 귀국했다. 오늘은 함께 조촐하게 외식을 했다. 아마 토요일 너희 집에 가서 너희들의 방을 정돈하는데 도움을 줄 거야. 그때 인사를 나눌 수 있을 꺼다.

너희들이 이젠 꿈을 꿀 수 있다는구나. 꿈에는 잠을 자다가 꾸는 꿈, 미래에 무엇을 할까 하고 꾸는 청운의 꿈, 그리고 비전의 꿈이 있다. 자다가 꾸는 꿈도 이왕이면 좋은 꿈을 꾸는 것이 좋다. 꿈 중에 청소년 때 무엇이 되고자 하는 청운의 꿈도 중요하다. 미래에 인류와 교회를 위해서 어떠한 일을 하겠다는 비전은 더욱 중요하다. 이런 세 종류의 꿈을 잘 꾸길 바란다. 그리고 그 꿈을 다 잘 이루기를 빈다.

오늘의 말씀: **"내가 무궁한 사랑으로 너를 사랑하는 고로 인자함으로 너를 인도하였다 하였노라."**(예레미야 31장 3절) 하나님께서 이스라엘에게 그렇게 하셨다는 말이다. 이 말씀처럼 하나님께서 너희들을 무궁한 사랑으로 사랑하셔서 인자함으로 인도하시면 얼마나 좋으랴? 너희들이 이렇게 되기를 기도한다.

오늘도 주님과 엄마의 따뜻한 사랑의 품 안에서 평안히 행복하게 잘 쉬거라. 샬롬!

여섯째 날 _194일째
장난감 줄이 있어요.

너희들의 움직임이 이제는 격렬한 태동보다는 밀고 올라오는 듯한 움직임이라고 한다. 엄마의 배 모양도 요상하다. 우측이 올라왔다가 좌측이 올라왔다가 한다. 엄마가 사진으로 카톡방에 올려놓은 것을 보았다.

너희들은 요즘 규칙적으로 움직이고 있다고 한다. 규칙적으로 자고 일어나고, 손가락도 빨고 탯줄을 잡고 장난을 치기도 한다. 탯줄이 여자 아이들이 편짜서 놀이하는 고무줄처럼 노는 것은 아니지? 너무 심하게 놀아도 탯줄이 꼬이거나 꽉 잡아서 터지거나 그러지는 않을 거야.

너희들이 어떻게 노는지 무척 궁금하구나.

오늘의 말씀: **"주에게는 능치 못할 일이 없다."**(예레미아 32장 17b절) 이 말씀은 주, 즉 하나님에게는 모든 것이 가능하다는 뜻이고, 149일째 오늘의 말씀, 수사학적인 질문으로 된 창세기 18장 14a절의 말씀과 유사하다. 하나님은 정말로 그런 전능하신 분이시다. 만일 인생을 살아가다가 너희들에게 어려운 문제가 생기면, 하나님께 구해라. 응답해주시고 문제를 해결해주실 것이다.

오늘도 사랑의 주님과 엄마 품에서 즐겁고 행복하게 보내거라. 샬롬!

일곱째 날 _195일째
이젠 스스로 숨을 쉴 수 있어요.

사랑하는 별 둘아, 오늘 즐거웠나? 너희들이 태어나면 살 방을 정돈하고 필요한 가구도 들여놓았다. 두 외삼촌이 일을 도와주었다. 너희들을 많이 사랑해서 벌써 무엇인가 선물을 한다고 약속한 모양이다. 다른 사람들에겐 비밀인가 봐. 궁금하지? 태어나면 그것이 무엇인지 알게 될 거야. 그런데 엄마와 외삼촌들이 만나서 일을 도와줄 때 뱃속이지만 너희들도 두 분께 반갑게 만남의 인사를 했니?

너희들의 장기와 기관들이 많이 성장해서 이젠 숨쉬기도 혼자할 수 있게 되었다고 한다. 일단 축하하고, 여기까지 잘 자라도록 인도해주신 하나님께 감사를 드린다. 지금 태어나도 숨을 쉴 수 있어서 살아갈 수는 있다고 하는구나. 그래도 무척 빨리 나온 것이 되어 당분간 인큐베이터 신세를 져야 헐 터이니, 빨리 나올 생각은 하지 말고 더 성장해서 하나님께서 정하신 때 - 그때가 가장 좋은 때이다 - 에 나오도록 하거라. 앞으로 85일 가량 남았다.

내일은 성탄 직전 주일이다. 주일 설교와 성탄절 설교를 두 편이나 준비해야 해서 좀 힘이 들고 시간도 빠듯하구나. 성탄절은 우리 구주 예수님이 태어나신 기쁜 날이다. 이 날을 기념하면서 예배를 드리게 된다. 아는 사람들에게 서로 '즐거운 성탄' 하면서 인사도 나누게 된다. 너희들에게도 "즐거운 성탄!"(영어로 "메리 크리스마스!") 하고 인사를 한다. 그곳에서도 즐겁고 행복한 성탄절을 보내기 바란다.

오늘은 이 말씀으로 오늘의 말씀을 갈음한다. 주님과 엄마의 은혜와 사랑 가운데 편히 행복하게 쉬거라. 샬롬!

별 둥이 28주째

" 7개월로 접어든다고 하네요. "

197일
태아 크기 38.6cm
몸무게 1.2kg

200일
태아 크기 38.6cm
몸무게 1.2kg

201일
태아 크기 38.6cm
몸무게 1.2kg

202일
태아 크기 38.6cm
몸무게 1.2kg

198일
태아 크기 38.6cm
몸무게 1.2kg

199일
태아 크기 38.6cm
몸무게 1.2kg

☆ grow ☆
UP

첫째 날 _196일째
눈이 떠져요.

사랑하는 별 둘아, 잘 지냈니? 오늘 저녁은 크리스마스 이브다. 한 해 중에 가장 성스럽고 즐거운 저녁이다. 보통 교회에서는 성탄 전야제를 한다. 유년주일학교 학생들이 음악, 연극 등을 준비하고, 성가대도 성탄곡을 발표한단다. 우리 길벗교회는 그런 행사가 없어서 외식을 하고 집에서 경건하고 화목한 성탄전야를 보내고 있다. 외할아버지는 성탄절 예배 설교와 순서를 준비해야 된다. 제법 바쁘다.

너희들은 엄마 아빠와 함께 어떻게 지내고 있니? 이제 너희들의 눈이 떠지기 시작했다는구나. 그러면 사물을 볼 수 있을 것이다. 어제 태어날 때까지 남은 날이 85일쯤이라고 했는데, 그것은 혼자일 때 남은 날이다. 너희들처럼 쌍둥이 일 때는 20여 일이 단축된다고 한다. 그러면 약 60일 정도 남았다. 예상보다 더 빨리 만나게 되겠다. 가능하면 꽉 채우고 나오도록 하거라.

오늘의 말씀: **"보라 처녀가 잉태하여 아들을 낳을 것이요 그의 이름은 임마누엘이라 하리라."**(마태복음 1장 23절) 우선 예수님의 탄생을 기뻐하며 축하하거라. 예수님은 우리를, 세상을 구원하실 분이시다. 구세주 예수님이 탄생한 것은 이 말씀의 성취를 위한 것이라고 한다. 말하자면, 임마누엘이 이루어지게 하시려고 예수님께서 태어나신 것이다. 임마누엘은 히브리어인데 '하나님께서 우리와 함께 계신다'는 뜻

이다. 하나님을 떠난 것이 인간의 불행이다. 고독과 미움과 죽음과 수치와 어둠 속에서 비참하게 산다. 그러한 사람들에게 하나님께서 함께 하신다는 것은 얼마나 놀랍고 복된 일인가? 하나님이 함께 하심이 구원이고, 치유이고, 사랑이고, 생명이고, 은혜이고, 복이다. 가장 크고 복된 은총이 바로 임마누엘의 은총이다. 너희들도 예수님을 믿고 영접하여 성령을 받아 임마누엘이 너희들에게 이루어지고, 임마누엘의 은총을 받기 바란다.

오늘도 임마누엘로 함께 계시는 주님의 은혜와 사랑 가운데 기쁘고 즐겁게 잘 지내거라. 샬롬!

둘째 날 _197일째

살이 통통하게 올라요.

사랑하는 별 둘아, 메리 크리스마스(영어), 조이 노엘(프랑스어), 프로헤 바이나흐텐(독일어), 성탄 콰이러(중국어), 기쁜 성탄(한국어). 대표적인 5개 언어로 성탄 인사를 해 보았다. 너희들이 앞으로 성인이 되었을 때 이런 언어들을 다 할 수 있기를 바라면서. 성탄절 잘 보냈니? 기쁘고 즐겁게 아기 예수님 탄생을 축하했니? 우리는 교회에 모여 예배를 드렸다. 설교 제목은 "아기 왕께 합당한 경배와 예물"이었단다. 아빠와 엄마도 함께 예배를 드렸다. 엄마가 기분이 좋은 것 같으니 너희들도 좋을 줄 믿는다. 오늘 예배에서는 동방박사처럼 아기 예수를 찾아 경배하고 가장 귀한 보물인 '자신'을 드리자는 설교를 했다. 너희들도 그렇게 해야 하겠지?

요즘 온몸을 감싸던 배내털은 점점 줄어들어 어깨와 등 쪽에만 드문드문 남아 있고, 살갗 아래로 지방층이 생기면서 몸에 오동 통통하게 살이 오르고 있다고 한다. 그래서 지금 몸무게가 1kg 정도 된다. 앞으로 더 그렇게 되고 몸무게는 2배 반 내지는 3배 정도 늘어서 태어나게 된다. 그러면 보기도 좋고 통통해서 안아주기도 좋을 것이다.

오늘의 말씀: **"내가 너와 함께 있어 너를 구원할 것이라."**(예레미야 30장 11b절) 하나님이 함께 하심이 가장 큰 은혜고 복이라고 했다. 그분이 함께 하시면 전쟁도 겁 없다. 그분이 함께 하시면 형통한 자가 된다. 그분이 함께 하셔서 구원해 주신다는 이스라엘에게 했던 약속의 말씀이 너희들에게도 임하기를 바란다. 그분이 너희들과 늘 함께 계셔서 너희들을 구원해 주셔서 너희들에게 임마누엘의 은혜와 복과 승리와 형통함이 충만하기를 원한다.

오늘도 임마누엘의 주님과 엄마 품 안에서 행복하게 쉬기 바란다. 샬롬!

털이 자라나요.

안녕, 사랑하는 별 둘아, 잘 지내고 있지? 오늘은 올해 마지막 주간의 화요일이다. 이제 한 해를 뒤돌아보며 반성할 것은 반성하고, 새해의 계획을 생각하는 시간이다. 하루가 24시간으로, 일년은 52주 365일로 돌아간단다. 하루도 반성과 계획이 있듯이, 일년도 그렇단다. 그래야 점점 더 나은 삶을 살게 되지.

요즘 너희들에게 털이 자란다고 한다. 속눈썹과 눈썹은 완전히 생겼고, 머리털도 길게 자라고 손톱도 그렇게 자라고 있다는구나. 눈썹이 생겨서 이목구비가 형성되는 것이 보기에도 더 좋겠구나. 너희들의 얼굴이 보고 싶다!

오늘의 말씀: **"사람이 여호와의 구원을 바라고 잠잠히 기다림이 좋도다."**(예레미야 애가 3장 26절) 어려움이나 역경이 다가올 때 호들갑을 떨거나 당황해 하거나 절망하지 말고, 하나님께 도움을 구하고 하나님의 손길을 잠잠히 기다리는 것이 좋다. 그렇지 않으면, 좋은 생각이 나지 않고 스스로 자멸할 수도 있다. 하나님께 도움을 구하고 잠잠히 기다리면, 좋은 생각도 떠올라 어려운 상황을 잘 헤쳐 나갈 수도 있고 하나님의 도우심과 구원을 맛볼 수 있게 된다.

오늘도 사랑과 은혜의 주님과 엄마의 품 안에서 행복하게 쉬거라. 안녕.

빨리 나가고 싶어요.

사랑하는 별 둘아, 오늘도 잘 지냈지? 이제 너희들의 자세가 머리를 아래로 향하는 것이 바른 자세라고 한다. 그런 자세로 자리를 잡고 커 가야 태어날 때 머리부터 나오게 되니까 순산하게 된단다. 머리가 아니라 다리부터 나오게 되면, 난산이 된다. 머리가 아래로 향한 자세가 되면 발이 위로 향하게 되고, 태동을 강하게 할 때, 발로 엄마의 갈비뼈를 치게 되어 통증이 오는 경우도 있다고 한다. 너희들의 자세가 바르게 자릴 잡고, 이젠 발길질도 적당하게 하면 좋겠구나. 그래야 엄마가 아프지도 않고 덜 힘들지.

오늘의 말씀: **"여호와의 자비와 긍휼이 무궁하시므로 우리가 진멸되지 아니함이니이다."**(예레미아 애가 3장 22절) 아담이 범죄하여 타락한 이후 에덴을, 하나님을 떠난 인간은 모두가 죄인이 되었다. 인간 사회에 죄와 악이 차고 넘치며 불의가 횡행하고 있다. 이렇게 죄악이 관영해도 우리가 멸망당하지 않는 것은 하나님의 자비와 긍휼이 무궁하시기 때문이다. 너희들도 자비하시고 긍휼이 무한하신 하나님을 신뢰하고 사랑하고 의지해라. 하나님은 우리가 의지할 반석이시다.

오늘도 자비와 긍휼이 무궁하신 주님의 품 안에서 편히 행복하게 쉬거라. 샬롬!

체온 조절도 마음대로 할 수 있어요.

사랑하는 별 둘아, 벌써 200일이 되었구나. 이제 한 달여 만 참으면 된다. 오늘은 교회의 목요성경공부반을 인도하고, 저녁을 먹고 나니 너희들에게 글 쓸 시간이구나. 잘 지냈지?

성장정보에 의하면, 너희들의 뇌가 무척 많이 발달하고 있고, 체온 조절도 마음대로 할 수 있고, 호흡도 잘하고 있다고 하는구나. 이 중에서 무엇보다도 뇌가 발달하는 것이 중요하다. 너희들의 뇌가 아주 많이 발달하여 두뇌가 비상한 사람들이 되어 어느 한 분야에서 인류에게 크게 공헌하는 귀한 사람이 되면 좋겠다. 할아버지는 그렇게 기도한다.

오늘의 말씀: **"여호와의 처소에서 나는 영광을 찬송할지어다."**(에스겔 2장 12c절) 영광 가운데 가장 크고 눈부신 영광은 하나님의 영광이다. 우리 하나님의 영광은 말로 표현할 수 없을 정도로 찬란하고 대단하다. 그래서 하나님은 영광의 하나님이시다. 이 영광의 하나님 아버지께서 하나님의 자녀들을 하나님의 영광으로 인도하신다. 이 과정이 구원의 역사다. 우리는 반드시 아버지 하나님의 영광에 참여해야 한다. 그의 영광을 맛본 하나님의 자녀들은 하나님의 처소, 하나님의 보좌에서 나오는 그의 영광을 찬송하고 또 찬송해야 한다. 너희들도 그의 영광을 맛보고 그의 영광을 찬송하여 하나님의 영광에 참여하는

영예롭고 존귀한 하나님의 자녀들이 되길 바란다.

오늘도 제법 춥다. 따스한 주님과 엄마의 사랑의 품 안에서 편히 쉬기 바란다. 샬롬!

여섯째 날 _201일째
많이 민감해졌어요

사랑하는 별 둘아, 잘 지냈지? 먼저 축하한다. 벌써 200일이 지났다. 쌍둥이이지만 무탈하게 단태아와 같은 몸무게(1100g 전후)와 크기를 유지하며 정상적으로 잘 자라고 있다니, 하나님께 감사드린다. 그리고 축복한다. 모든 일과 성장과정에 하나님께서 개입하셔서 지켜주시고 잘 성장케 하시고 복주시기를 원한다. 이제 외부의 움직임과 변화에도 민감하게 반응할 정도로 너희들의 시각, 청각, 미각, 후각, 촉각이 아주 많이 발달했단다. 앞으로는 더욱 발달하겠지. 주님께서 그렇게 인도해 주실 줄 믿는다.

오늘의 말씀: **"너희는 ... 마음과 영을 새롭게 할지어다."**(에스겔 18장 31a절) 하나님을 떠난 범죄한 인간의 마음이 부패하고, 영은 낡고 심지어는 죽었다. 다른 말로 잠잔다고도 한다. 하나님께서는 이런 인간을 새로운 피조물로 회복시키신다. 타락한 우리 인간의 굳은 마음을 부드럽게 하시고, 인간의 영을 소생시켜 혹은 일깨워 새롭게 회복시키

신다. 그리고 하나님의 영, 성령을 부어주신다. 그래야 새로운 피조물, 새로운 인간으로서 하나님의 말씀과 뜻을 행하는 하나님의 자녀가 될 수 있다. 너희들도 부드러운 마음과 새로운 영을 가지고 하나님의 영, 성령의 부음을 받아 하나님의 말씀과 뜻을 행하는 존귀한 하나님의 아들들이 되거라.

일곱째 날 _202일째

엄마! 지방이 필요해요.

사랑하는 별 둘아, 잘 지내지? 오늘은 올해 마지막 토요일이다. 나는 주로 토요일에 설교를 작성하지. 올해 마지막 송구영신의 설교를 다 작성한 후에 너희들에게 글을 쓰는 것이다. 너희들이 지금 태어났다면, 이틀만 지나면 나이를 한 살 더 먹는건데 ㅋㅋ...

지금 너희들의 피부 아래에 지방이 축적되고 있다는구나. 이 지방이 어느 정도 있어야 몸이 정상적으로 기능을 하고 체온도 조절할 수 있다. 엄마가 지방이 있는 음식도 좀 먹어야 너희들에게도 지방이 축적된다고 엄마에게 말해야 할까 보다.

오늘의 말씀: **"많은 사람을 옳은 데로 돌아오게 한 자는 별과 같이 영원토록 빛나리라."**(다니엘 12장 3b절) 옳은 데로 돌아오는 것은 세상을 향하던 데서 하나님께로 돌아오는 것을 말한다. 사람들에게 말씀과 도

를 전하고, 삶의 모범을 보여 하나님께로, 교회로 인도한 사람들은 하늘의 별처럼 영원히 빛나게 된다는 뜻이다. 너희들도 많은 사람들을 올바른 데로 인도하여 하늘의 별처럼 영원히 빛나는 사람들이 되거라.

오늘도 사랑과 자비가 풍성하신 하나님과 엄마의 품 안에서 편히 행복하게 쉬거라. 안녕!

별 둘이 29주째
"눈을 깜빡일 수 있어요."

203일
태아 크기 38.6cm
몸무게 1.2kg

206일
태아 크기 39.9cm
몸무게 1.3kg

208일
태아 크기 39.9cm
몸무게 1.3kg

202일
태아 크기 39.9cm
몸무게 1.3kg

204일
태아 크기 39.9cm
몸무게 1.3kg

205일
태아 크기 39.9cm
몸무게 1.3kg

불빛을 볼 수 있어요.

사랑하는 별 둘아, 잘 지내고 있지? 오늘은 올해의 마지막 날이고 마지막 주일이다. 오늘만 지나면 새해가 밝아온다. 오늘 예배는 송구영신의 예배로 드렸다. 예년 같았으면 송년 예배를 드렸을 텐데 말이다. 성도님들에게 옛것, 지난 것을 잘 보내고 새 것을 잘 맞이하도록 마음으로 준비하기를 촉구했다. 너희들도 마음가짐을 잘 갖도록 하거라.

너희들이 이제는 눈을 뜨고 밖의 빛을 볼 수 있게 되었다고 하는구나. 자연적인 빛을 따라 고개도 따라간다고 한다. 마치 해바라기처럼. 언젠가 언급한 것 같은데 영적으로 태양 빛은 예수 그리스도이시다. 전에 이야기한 해바라기처럼 늘 고개를, 시선을 그분을 향해서 돌려야 한다.

오늘의 말씀: **"너희는 이전 일을 기억하지 말며 옛날 일을 생각하지 말라."**(이사야 43장 18절) 하나님은 새 일을 행하신다. 그분은 메시야의 구원사역, 새로운 인간을 만드시고 만유를 새롭게 하셔서 하나님 나라로 만드시는 새 창조사역을 행하시는 분이시다. 하나님께서 새 일을 행하기 이전에 겪고 가졌던 부정적인 모든 생각들을 마음에 두지 말고 떨쳐버려라. 그리고 하나님께서 행하신 새 일, 새 피조물을 만드시고 만유를 새롭게 하시는 일에 합당한 생각, 마음, 정신과 삶의 태도를 가지

고 살아가거라. 이런 의미의 말씀이다. 오늘과 같은 송구영신을 맞이할 때 필요한 말이다.

오늘도 새 일을 행하시는 하나님 품 안에서 그 일에 관한 좋은 꿈을 꾸며 행복하게 잘 지내거라. 샬롬!

둘째 날 _204일째
머리가 무거워졌어요.

사랑하는 별 둘아, 오늘은 새해 첫날이다. 황금 개의 해다. 올해 태어나는 너희들은 개띠다. 너희들의 둘째 외삼촌이 개띠란다. 36세 차이의 띠동갑이다. 오늘 아빠 엄마, 외할아버지 할머니, 두 외삼촌 그리고 증조 외할머니가 함께 모여 식사와 차도 마시며 환담과 덕담을 나눴다. 너희들과도 인사를 나눴는데 복중에서 그런 좋은 분위기를 느끼며 너희들도 인사를 드렸나? 너희들도 즐거웠으리라 믿는다. 새해에 복 많이 받기를 원한다. 모든 기관과 장기, 신체가 다 잘 발육하고 성장하길 기도한다.

지금 너희들의 뇌가 빠른 속도로 성장한다는구나. 이것을 수용하기 위해 머리도 커지고 길어지며 뇌에는 뇌화라고 하는 복잡한 주름이 생기기 시작한단다. 이러한 때 너희들의 뇌가 가장 잘 발육하고 성장하기를 기도한다. 두뇌가 뛰어난 인물이 되어 인류의 행복과 하나님의 영광을 위하여 위대한 일을 하도록.

오늘의 말씀: **"보라 내가 새 일을 행하리니 이제 나타낼 것이라."**(이사야 43장 19a절). 이 말씀은 하나님께서 바벨론에 포로로 잡혀가 노예생활을 하는 이스라엘 백성을 자유의 몸으로 해방시키겠다는 약속과 희망의 말씀이다. 여기에서 새 일은 종말론적인 새 일, 만물을 새롭게 만드시는 새 일, 메시야 예수 그리스도를 통하여 하나님의 나라를 이 세상에 임하게 하여 확산시키고 완성시키는 새 일이다. 이 일을 경험하고 새로운 것에 참여하려면 새 마음, 새 정신, 새 태도를 갖는 새 사람, 새로운 피조물이 되어야 한다. 새해에 너희들도 마음과 정신, 영과 태도가 새로워져서 하나님께서 행하시는 새 일을 경험하고 그 나라에 속하는 사람이 되거라.

새해 첫 날 임마누엘로 함께 하는 주님의 품 안에서 평안하게 잘 쉬도록 하거라. 샬롬!

셋째 날 _205일째
눈을 깜박일 수 있어요.

사랑하는 별 둘아, 새해 둘째 날이다. 잘 지냈지? 너희들은 못 지낼 날이 없을 것 같구나. 늘 염려 없이 제법 즐겁게 지낼 것이라고 해서 하는 말이다. 너희들의 몸무게가 이젠 하루에 약 20g씩 는다. 둘이 합하면 40g이 느는 셈이다. 하루가 다르게 엄마가 점점 더 무거워 하는 구나. 그래도 참고 잘 견디고 조심해야지. 앞으로 2배는 무거워져서 태어나게 될 터이니 말이다. 너희들이 눈을 뜰 수 있게 되었다고 한다. 눈에서 눈꺼풀이 분리가 되어 자유자재로 눈을 깜박이기도 하면서. 외할머니가 알려 준 것인데, 너희들의 입맛은 임신 중 엄마의 입맛에 많은 영향을 받는다는구나. 그러니까 엄마가 너희들은 고기와 건강식을 좋아하게 될 거라고 하더라. 요즘 엄마가 그런 음식을 좋아하는 모양이지? 나중에 보면 알게 되겠지.

오늘의 말씀: **"그러므로 우리가 여호와를 알자. 힘써 여호와를 알자."**(호세아 6장 3a절) 이 말씀은 호세아 선지자가 백성들에게 회개를 촉구하며 하나님께로 돌아가면 하나님께서 감싸주실 것이니까 여호와 하나님 앞에서 살자고 권면한 말씀에 이어서 나온다. 우리도 하나님 앞에서 바로 살기 위해서 힘써 하나님을 알아야 한다. 하나님은 하나님의 작품인 자연을 통해서, 우주와 인류의 역사를 통해서, 그리고 성경말씀을 통해서 자신을 드러내신다, 우리는 그 중에서도 특히 가장 중요한 성경 말씀을 통해서 힘써 하나님을 알아야 한다. 하나님은 역사와 자연을 통해 자신과 능력과 뜻을 어느 정도 드러내시지만, 하나님의 말씀인 성경을 통해서 가장 직접적으로, 가장 분명하게 드러내시기 때문이다.

오늘도 사랑이 많으신 주님과 엄마의 품 안에서 편히 행복하게 쉬거

라. 샬롬!

몸이 점점 커져요.

사랑하는 별 둘아, 새해 셋째 날도 잘 지냈지? 엄마가 몸이 무거워 힘들어하는 것이 느껴지니? 너희들이 몸도 점점 커지고 무거워지는 것에 비례해서 엄마 배도 점점 더 불러오고 몸도 무거워진단다. 이번 주 너희들의 평균 크기가 40㎝나 되고 무게는 1.3kg라고 하는구나. 많이 커졌고 무거워졌다. 앞으로 1주 동안 약 200g이 는다는구나. 그렇게 늘어서 약 2배 더 무거워져야 너희들이 태어나게 될 것이다.

오늘의 말씀: **"은총을 크게 받은 사람이여 두려워하지 말라 평안하라 강건하라."**(다니엘 10장 19a절) 이 말씀은 다니엘이 환상 중에 힘이 없어졌고 호흡이 힘들었을 때 메시야를 시사하는 인자가 그에게 준 위로와 격려의 말씀이다. 다니엘은 이 말씀을 통하여 힘과 용기, 평안을 얻고 강건하게 되었다. 너희들도 무슨 일이 있던지 두려워하지 말라. 담대하게 주님만 믿고 그분을 주로 섬기면, 다니엘처럼 큰 은혜를 받는 평강의 사람들이 된다. 그렇게 되기를 기도하고 있다.

오늘도 우리를 위로하고 격려하며 힘주시고 강건케 하시는 주님의 품 안에서 평안히 잘 쉬거라. 샬롬!

물이 많이 늘어났어요.

사랑하는 별 둘아, 오늘도 잘 지내지? 엄마의 양수가 최대로 늘어나 1ℓ가 되어, 너희들이 움직이기가 더 쉬워졌다고 한다. 태아는 점점 아래로 내려가고 머리가 아래로 향한다고 해요. 그런데 너희들은 둘인데 하나는 제대로 되어 있고, 다른 하나는 반대로 자세를 취하고 있다는구나. 그렇지만 하나라도 바른 자세가 되어 있어서 하등 문제가 없다는구나.

성장정보에 의하면 양수가 많아졌다고 한다. 너희들에겐 더 좋을 거야. 운동도 더 쉽게 할 수 있으니까.

오늘의 말씀: **"나는 인애를 원하고 제사를 원치 아니하며 번제보다 하나님 아는 것을 원하노라."**(호세아 6장 6절) 하나님께서 호세아 선지자를 통해서 이스라엘 백성들에게 하신 말씀이다. 제의종교를 가진 이스라엘 백성은 하나님께서 기뻐하시는 것은 번제로 드리는 제사라고 생각했다. 요즘 말로는 예배다. 그런데 제사 내지는 예배를 잘 드리는 하나님의 백성들이 타인에 대한 사랑과 긍휼을 잘 실천하지 않았다. 그래서 공동체의 상황이 좋지 않게 되었고 나라가 망하는 상황에까지 이르렀다. 공동체에서 필요한 것은 서로에 대한 사랑과 긍휼의 실천이다. 실은 이런 것들이 하나님께서 가장 원하시는 것이었다. 그래서 이스라엘 백성들이 돌이키도록 이렇게 말씀하셨다. 우리는, 하나님께

서는 인애를 원하고 제사를 원치 않으시는 하나님이신 것을 알고 이웃, 특히 불우한 이웃에 대한 사랑과 긍휼을 잘 실천해야 할 것이다.

오늘도 날이 저물었다. 사랑과 긍휼이 무궁하신 하나님의 품 안에서 편안하게 잘 쉬거라. 샬롬!

여섯째 날 _208일째
고환이 음낭 쪽으로 이동해요.

할로, 사랑하는 별 둘아, 잘 지내지?

오늘 성장정보는 성에 관한 것이구나. 너희들은 남성이니까 남성에 관한 것만 간단히 언급하고자 한다. 남자의 성기에 음낭이 붙어있고, 그 안에 정자를 만드는 고환이 있다. 태아 때는 그렇게 조그맣게 만들어져서 성장하면서 커가는 줄로 알았다. 그런데 따로 분리되어 있다가 결합되는구나. 고환은 신장 근처에 있다가 사타구니를 따라 내려가 음낭으로 이동해서 들어선다고 한다. 나도 이 사실을 이제야 알게 되었다. 남성 성기가 너희들에게도 잘 성장 발육되길 바란다. 창조질서에 따라 좋은 후손도 점점 창대케 되어야 좋은 것이다.

오늘의 말씀: **"하나님께로 돌아와 인애와 공의를 지키며 항상 너희 하나님을 바라볼지어다."**(호세아 12장 6절) 호세아 선지자가 사랑의 하나님을 배반한 이스라엘 백성들에게 권면한 말씀이다. 하나님은 인애

를 원하시는 하나님이시다. 패역한 자리에서 하나님께로 돌아와 하나님께서 원하시는 사랑과 자비, 공의를 실천하면서 하나님의 도우심과 은혜를 구하며, 하나님을 바라보는 신앙생활을 하라는 말이다. 하나님을 떠난 적이 없는 너희들도 인애와 공의를 행하며 하나님을 늘 바라보는 삶을 살아야 한다.

오늘도 사랑과 자비의 주님과 엄마의 따뜻한 사랑의 품 안에서 행복하게 지내거라. 샬롬!

일곱째 날 _209일째
붉은 피가 생겨요.

내 사랑, 내 희망인 별 둘아, 오늘도 잘 지냈지? 엄마가 너희들이 약 50일 후에는 세상에 태어날 것이라고 했다. 기다림의 시간이 얼마 남지 않았구나.

성장정보에 의하면, 적혈구가 생성되고 있는데, 뼈 속 골수에서 스스로 만들어 낸다고 한다. 적혈구는 붉은색의 납작한 원반 모양을 한, 수로는 가장 비중이 큰 혈액세포다. 혈관을 통해 몸의 조직에 산소를 공급하고, 이산화탄소 및 노폐물을 제거하는 역할을 한다. 우리 몸의 다른 세포와는 달리 핵을 갖고 있지 않으며 산소 운반을 위한 헤모글로빈을 포함하고 있다. 약 100~120일의 수명을 갖고 온몸을 순환하면서 기능을 수행한단다. 너희들에게도 적혈구가 골수에서 잘 생성되기를 기도한다.

오늘의 말씀: **"오직 정의를 물 같이, 공의를 마르지 않는 강 같이 흐르게 할지어다."**(아모스 5장 24절) 이 말씀은 개인과 사회와 국가의 도덕성과 법 수행을 위해서 꼭 기억해야 할 굉장히 중요한 성경구절이다. 이 중에서 정의와 공의라는 말이 좀 생소할 것이다. 먼저 공의는 하나님의 완전한 법을 기준으로 잘못된 것이나 잘된 것을 가감 없이 판단하고 심판하는 행위를 일컫는다. 동시에 하나님이 인간을 판단하시는 도덕적인 기준으로 이해할 수도 있다. 이 하나님의 법과 도덕적 기준이 사회나 국가적 차원에서 적용될 때 정의라고 표현한다. 사회와 교회에서 이런 공의와 정의가 제대로 구현되기는 쉽지 않다. 힘이 정의라는 말이 있을 정도이다. 참된 기독교인은 이러한 사회와 교회에서 아모스 선지자처럼 공의와 정의를 흘러내리도록 해야 한다. 아마 지혜와 힘과 용기가 무척 필요할 것이다. 너희들이 그러한 사람들이 되기를 기도한다.

오늘도 사랑과 자비, 희망의 하나님 품 안에서, 엄마의 따뜻한 사랑의 품 안에서 행복하게 잘 쉬거라. 내 사랑 내 희망 별 둘아.

별 둘이 30주째

"눈이 더 발달해요."

211일
태아 크기 41.1cm
몸무게 1.5kg

212일
태아 크기 41.1cm
몸무게 1.5kg

213일
태아 크기 41.1cm
몸무게 1.5kg

214일
태아 크기 41.1cm
몸무게 1.5kg

215일
태아 크기 41.1cm
몸무게 1.5kg

216일
태아 크기 41.1cm
몸무게 1.5kg

숨 쉬기 연습을 해요.

내 사랑, 내 희망, 내 기쁨인 별 둘아, 오늘도 잘 지냈니? 오늘은 외삼촌들과 외식하느라고 좀 늦었다. 둘째 외삼촌이 11일 다시 미국으로 들어가기 때문에 송별 회식을 한 셈이지. 그런데 너희들 외할아버지가 이야기하는데 벌써 자고 있는 것은 아니지? 자도 괜찮다만 깨어있을 때 텔레파시로 이야기하며 글을 쓰는 것이 좋겠지.

오늘 성장정보에서는 숨 쉬는 연습에 대해 언급을 하는구나. 너희들의 폐와 소화기 계통이 거의 완성되었고, 양수 속에서 폐를 충분히 부풀려 숨을 들이 쉬는 등 호흡을 위한 준비를 열심히 하고 있다는구나. 어제 이야기했던 딸꾹질도 숨 쉬는 연습 중에 일어나는 현상이었다고 했지. 숨 쉬는 연습도 잘하거라. 호흡이 운동과 건강에 굉장히 중요하니까 말이야.

오늘의 말씀: **"회개하라. 천국이 가까웠느니라."**(마가복음 3장 2절; 4장 17b절) 세례 요한과 예수님께서 선포하신 복음이다. 여기서 회개는 지은 죄들을 나열하면서 용서해 달라는 것을 의미하는 것이 아니라 세상을 향해 살던 상태에서 하나님에게로 돌이키는 것을 말한다. 하나님의 나라는 하나님께서 주로서 친히 다스리시는, 통치하는 나라이다. 하나님의 주권, 하나님의 영이 서는 곳이다. 때가 차서 그러한 하나님의 나라가 막 도래하고 있다. 이제 사람들은 하나님의 나라에 들

어가기 위해서 세상을 향해 살던 삶에서 하나님을 향해서 돌이켜 다가오고 계시는 하나님의 지배, 하나님의 통치를 받아들여야 한다. 간단한 복음 선포의 말씀이지만 뜻은 좀 깊다. 대충 설명했는데, 하나님이 다스리시는 나라가 비교할 수 없을 만큼 가장 좋은 나라이다. 그 나라는 하나님의 영광, 하나님의 자유, 하나님의 사랑, 하나님의 평화, 하나님의 생명, 하나님의 풍요가 충만한 나라이다. 모름지기 사람은 그 나라를 구하는 일에 전력을 경주해야 한다.

하나님 나라의 주 하나님의 사랑과 자비의 품 안에서, 엄마의 사랑 안에서 오늘도 편히 쉬거라. 샬롬!

셋째 날 _212일째
눈을 떴다가 감기도 해요.

나의 사랑 나의 기쁨, 나의 희망 별 둘아, 오늘도 잘 지냈지? 엄마는 오늘 병원에 가서 당뇨 진단도 받고 처방과 대처 훈련을 받느라고 오래 고생했다. 앞으로 너희들을 위하여 인슐린 처방도 받아 주사도 맞아야 하는 모양이다. 쌍태를 임신하니 여러 가지로 힘든가 보다. 그래도 이제 한 50여 일 정도만 견디면 너희들이 태어날 테니 그때까지만 고생하면 된다. 너희들이 태어나면, 엄마에겐 '고진감래'(苦盡甘來)가 될 것이다. 고진감래는 '쓴 것이 다하면 단 것이 온다'는 뜻으로, 고생

끝에 즐거움이 옴을 이르는 말이다. 엄마가 이런 고생 후에 너희들을 출산하면 엄마에게 엄청나게 큰 기쁨이 찾아 올 것이다.

오늘의 성장정보에 의하면, 너희들이 두 눈을 뜨고 감는 연습을 하며, 어느 정도 어둠과 빛을 구별할 줄 알게 된다고 한다. 눈을 뜨고서 볼 수 있는 시력은 보통 사람들처럼 멀리 볼 수 있는 정도는 아니라고 하네. 보통은 시야가 무변광대하게 열려 있으면 끝까지 볼 수 있는데, 엄마의 뱃속에 있는 너희들의 시야는 기껏해야 20~30㎝ 밖에 되지 않기 때문이다. 태어나면 너희들의 시야도 점점 멀리까지 확장될 것이다.

오늘의 말씀: **"주 너의 하나님께 경배하고 다만 그를 섬기라."**(마태복음 4장 10절) 이 말씀은 마귀가 예수님을 시험하면서 자기에게 경배하면 세상의 모든 영광을 주겠다고 했을 때 예수님께서 구약 신명기 6장 13절을 인용하면서 대답하신 말씀이다. 예수님의 말씀처럼 사람은 하나님께만 경배하고 하나님만을 섬겨야 한다. 세상의 명예, 권력, 재물, 사람 등 다른 것들을 섬기는 사람이 많다. 그것은 우상을 섬기는 것이다. 우리 기독교인들은 창조주 하나님만을 경배하고 섬겨야 한다.

오늘도 사랑과 자비의 하나님 안에서, 엄마의 따뜻한 사랑의 품 안에서 평안히 잘 쉬거라. 샬롬!

몸무게가 많이 늘어요.

나의 사랑, 나의 기쁨, 나의 희망, 별 둘아, 다시 강추위가 다가왔는데 오늘 잘 지냈니? 이제 너희들의 키는 많이 자라지 않지만, 몸무게는 많이 는단다. 지금 약 1.5kg인데, 앞으로 태어날 때는 이보다 최소한 1kg은 더 는단다. 몸무게가 늘면 너희들의 몸도 점점 통통해진다는데, 너희들이 통통해지면 안아주기도 좋을 것 같아. 여하튼 잘 먹고 잘 놀고 잘 쉬면서 행복하게 지내거라. 그러면 몸도 더 좋아질 것이다.

엄마는 입술도 튼다고 해요. 너희들이 무거워서 여러 가지로 힘든 모양이야. 하나님께서 엄마와 너희들을 잘 지켜주시기를 기도한다. 엄마가 오늘 전주의 할머니로부터 외투를 선물 받아서 좋아하는구나. 엄마가 따뜻하면 마음도 푸근해서 그 푸근한 마음이 너희들에게도 전달이 되어 너희들도 좋을 것이다.

오늘의 말씀: **"너희는 세상의 빛이라."**(마태복음 5장 14a절) 우리는 보통 빛이 아닌 존재로 생각하고 어둠의 그늘에서 살아간다. 제법 출세한 사람들도 그러한 그늘에서 살기 때문에 자기를 세상의 빛으로 생각하지 못한다. 우리는 예수님만 세상의 빛인 줄 생각한다. 그러나 예수님은 자신뿐만 아니라 "너희들" - 예수님을 따르고 축복선언의 대상이 될 사람들을 말하는데 - 즉, 마음이 가난한 사람, 온유한 사람, 청결한 사람, 화평케 하는 사람, 의를 위하여 핍박을 받는 사람 등도 세

상의 빛이라고 하셨다. 여기서 빛은 착한 행실이다. 특별히 하나님께서 요구하시는 뜻을 행하는 것이 착한 행실이다. 사람들은 이런 착한 행실을 함으로써 빛을 비추게 되고, 다른 사람들은 하나님의 뜻을 행하는 사람들의 착한 행실을 보고 하나님께 영광을 돌리게 된다, 우리도 하나님의 뜻을 행하는 착한 행실을 수행함으로써 세상의 작은 빛이 될 수 있다. 별 둘아, 너희들도 하나님께서 원하시는 착한 행실을 함으로써 세상의 빛이 되어 하나님께 영광을 돌리거라.

오늘도 사랑과 자비의 하나님 품 안에서, 따뜻한 엄마의 품 안에서 행복하게 잘 지내거라. 샬롬!

다섯째 날 _214일째
벌써 생식기가 만들어져요.

사랑하는 나의 기쁨, 나의 희망, 별 둘아, 오늘도 추웠는데, 잘 지냈니? 오늘 둘째 외삼촌이 미국으로 떠났다. 유니버시티 펜실베이니아(유펜)에서 포스트 닥터 과정에 있기 때문에 성탄 방학 차 한국에 왔다가 돌아가는 것이다. 너희들을 무척이나 사랑하고 좋아한다. 이제 여름 방학이나 되어야 한국에 올 텐데, 그때는 너희들이 태어나서 한 백일쯤 지낸 후, 반갑게 상봉하게 될 것이다.

엄마는 오늘부터 인슐린 주사를 혼자서 놓아 당을 조절하기 시작했다. 당이 많으면 너희들이 과성장하게 된다는구나. 당이 적정한 양이 있어야 너희들이 건강하게 성장하는 모양이다. 너희들이 잘되게 하기 위해서 신경을 이렇게 많이 쓴단다. 앞으로 엄마와 아빠에게 효를 다 하고 늘 감사하는 마음을 가져야 할 거야.

오늘은 태아들의 생식기가 열심히 만들어진다는 성장정보가 있구나. 이것은 지난번에도 나왔는데, 남아인 너희들의 고환(오늘은 정자라고 했네)이 콩팥 근처에서 사타구니를 타고 내려가기 시작해서 음낭으로 들어가게 된다.

오늘의 말씀: **"온유한 자는 복이 있나니 그들이 땅을 기업으로 받을 것임이요."**(마태복음 5장 5절) 온유는 굉장히 중요한 덕의 목록에 속한다. 구약에서 출애굽 시에 이스라엘의 영도자 모세는 온유가 지상에서 가장 뛰어난 사람이었다. 예수님도 온유하고 겸손하셨다. 성령의 열매(갈라디아서 5장 22-23절) 중에서 8번째 열매가 온유이다. 온유는 타인을 향한 부드러운 마음의 태도를 말한다. 이렇게 온유한 자가 복이 있다. 그들은 땅을 기업으로 받게 된다. 여기서 땅은 이 세상의 땅을 말하는 것이 아니라 하나님의 나라를 시사한다. 온유한 자가 하나님의 나라에 들어가서 땅을 차지하게 된다. 이것은 그가 하나님의 나라에 들어가게 됨을 의미한다. 우리도 타인을 향한 부드러운 마음을, 온유함을 가져야 한다. 이것도 성령의 열매(9가지 성령의 열매 중 8번째 열매. 참조. 갈라디아서 5장 22-23절)이기 때문에 내 힘으로보다 성령의 도우심

으로 가질 수 있다. 너희들도 모세나 예수님처럼 성령의 열매인 온유를 삶에서 드러내어 하나님의 나라를 상속받는 아이들이 되기 바란다.

추운 오늘도 사랑과 자비의 하나님 품 안에서, 엄마의 따뜻한 사랑의 품 안에서 편히 행복하게 잘 쉬거라. 샬롬!

여섯째 날 _215일째
양수를 마셔서 수분을 섭취해요.

내 사랑, 내 기쁨, 내 희망 별 둘아, 오늘도 강추위 가운데 잘 지냈니? 내일 오후나 되어야 날이 좀 풀리려나 보다. 오늘 밖에 나갔는데 춥더구나. 새벽기도회 마친 후에 늘 하는 걷기 운동을 산에서 했는데, 볼과 다리가 아주 찬 공기로 마사지하는 것처럼 차가워지더구나. 말했듯이, 엄마가 임신당뇨라고 한다. 혈당을 관리해야 하는데, 혈당관리에 피스타치오가 좋다고 한다. 그래서 이제 한두 달 동안 피스타치오를 너희 엄마에게 선물해야겠다. 꾸준히 먹도록. 어른들은 수분을 많이 섭취해야 한다. 아침에 한두 잔, 식사 30분 전에 한 잔, 자기 전에도 한 잔. 너희들도 수분을 섭취해야 한다. 사람들의 몸은 70% 이상이 수분으로 되어 있으니까. 너희들은 양수를 마셔서 수분을 섭취한다는구나. 마신 양수가 수분으로 섭취되고 난 후 찌꺼기는 오줌으로 배설한다고 하네. 그래도 양수가 깨끗한 것이 신기하다. 끊임없이 정화작용을 하는 모양이야. 정화작용은 몸에도, 마음에도, 정신에도, 흙과 물과 공기 등 환경과 각종 공동체 그리고 사회와 국가기관 등 어디에나 필요한 것 같구나.

오늘의 말씀: **"긍휼히 여기는 자는 복이 있나니 그들이 긍휼히 여김을 받을 것임이요."**(마태복음 5장 7절) 이 말씀은 유명한 8복 가운데 5번째 복이다. 여기에 나오는 긍휼은 아주 중요한 덕목이다. 성령의 9가지 열매 중에 5번째 열매인 자비와 동일한 말이다. 긍휼은 하나님의 인간을 향한 마음이며, 다른 사람들을 불쌍히 여기는 자비로운 측은지심의 마음이다. 예수님은 바로 이 긍휼이 사람들이 배워야 할 중요한 덕목이고, 심지어는 예배보다 더 중요하다고 했다.(참조, 마태복음 9장 13절; 12장 7절) 그러한 긍휼의 사람들이 종말에 최후의 심판대에서 하나님으로부터 긍휼이 여김을 받아 하나님의 나라에 들어간다. 우리도 다른 사람들을 긍휼이 여기는 사람들이 되어야 할 것이다.

추운 오늘도 사랑과 자비의 주님 품 안에서, 엄마의 따뜻한 사랑의 품 안에서 행복하게 잘 쉬거라. 샬롬!

일곱째 날 _216일째
눈이 더 발달해요.

내 사랑, 내 기쁨, 내 희망 별 둘아, 며칠 강추위 후에 오늘은 눈이 왔

다. 잘 지냈니? 우리는 너희들의 고종 사촌인 아이의 돌잔치에 다녀왔다. 돌잔치는 태어난 지 1년 후 첫 번째 생일을 축하하는 자리다. 아빠쪽 친척들과 엄마쪽 친척들이 모여서 축하하며 식사를 나누고 몇 가지 행사를 한다. 식사 후 나는 일이 있어서 일찍 돌아왔다. 멀리 다녀와서 그런지 몸이 좀 피곤해서 오늘은 조금 일찍 너희들에게 소식을 전한다.

너희들의 눈이 좀 더 발달하는 모양이야. 이제는 좀 볼 수 있는가봐. 두 눈을 떴다 감았다 하고, 어느 정도 어둠과 밝음을 구별하고, 너희들이 있는 자궁을 볼 수도 있다고 한다. 태어나면 우주와 하늘의 별 그리고 온 세상을 볼 수 있을 텐데. 너희들의 온 세상은 아직은 엄마의 자궁이라서 좁은 세계일 거야. 바깥세상은 대단하단다. 광대무변한 우주와 하늘의 무수한 별들, 그리고 드넓은 세상, 기대해도 좋을 거야. 한 가지 알려줄게. 별도 여러 가지 종류가 있단다. 크게 세 가지다. 우리 지구와 같이 태양 주위를 도는 혹성들도 별이다. 금성, 화성, 수성 등이 큰 별로 보인다. 태양과 같은 항성도 멀리 떨어져 있어서 다 별로 보인다. 마지막으로 태양과 같은 항성이 수억만 개 모여 있는 것이 은하인데, 우리 지구와 태양이 속해 있는 은하는 가깝기 때문에 수많은 별의 띠처럼 보여서 은하수라고 부른다. 은하수 이외에 엄청나게 큰 은하도 수천만 개가 있는데 아주 멀리 떨어져 있어 다 별로 보인다. 별이라고 해서 다 같은 별이 아니다. 사물을 이렇게 구분해서 보고 그 특성을 알 수 있어야 한다.

　오늘의 말씀: **"화평하게 하는 자들은 복이 있나니 그들이 하나님의 아들이라 일컬음을 받을 것임이요."**(마태복음 5장 9절) 이 말씀은 8복 가운데 7번째 복이다. 화평하게 하는 자는 평화를 일구는 자, 즉 피스메이커를 말한다. 그들이 하나님의 아들이라고 일컫게 된다. 종말에 완전하게 도래할 하나님의 나라에서 그들은 그때 실제로 하나님의 아들들이 된다. 하나님의 아들은 예수님께서 말씀하시고 마태복음 저자가 기록할 당시 일반 사회에서는 대단한 영웅들을 의미했으나 성경에서는 종말에 이루어지는 실제 하나님의 아들, 자녀를 말한다. 그러니 평화를 일구어가는 자들은 엄청나게 존귀하고 복 있는 자들이다. 피스메이커가 되어야지 절대로 트러블메이커가 되어서는 안된다. 이 말은 명심해야 된다. 꼭 피스메이커가 되거라.

　오늘은 눈이 와서 기온은 좀 풀렸다. 그래도 추우니 사랑의 하나님 품 안에서, 따뜻한 엄마의 사랑의 품 안에서 평안히 행복하게 잘 쉬거라. 샬롬!

별 둘이 31주째
"몸이 더 커졌어요. 좀 답답해요."

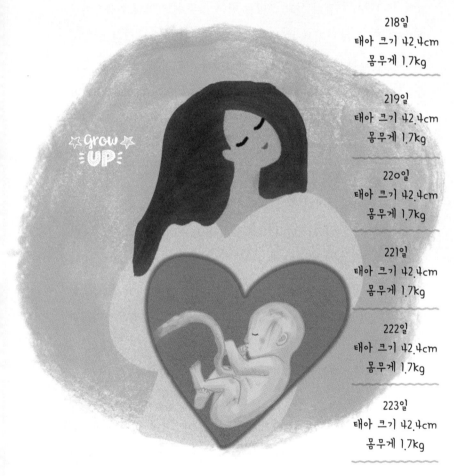

218일
태아 크기 42.4cm
몸무게 1.7kg

219일
태아 크기 42.4cm
몸무게 1.7kg

220일
태아 크기 42.4cm
몸무게 1.7kg

221일
태아 크기 42.4cm
몸무게 1.7kg

222일
태아 크기 42.4cm
몸무게 1.7kg

223일
태아 크기 42.4cm
몸무게 1.7kg

솜털이 사라져 가요.

사랑하는 나의 희망 나의 기쁨 별 둘아, 오늘은 미세먼지가 많아, 집에서 쉬면서 부흥회 설교 준비를 했다. 오후에는 막내 외삼촌이랑 외할머니와 함께 전기차 계약을 하러 갔다. 자동차를 한 14년 쓰니 아주 헌차가 되어 바꾸려고, 환경을 생각해서 전기차를 계약하고 오느라, 너희들에게 글 쓰는 것이 좀 늦었다. 너희들이 태어나면 새 전기차도 타 볼 수 있을 것이다.

너희들의 뇌는 충분히 발달했고, 키도 쑥 크고 이젠 솜털도 점차 사라지고 있단다. 솜털은 등과 어깨에만 남아 있다. 솜털이 사라졌다가 나중에 태어나서 성장하면 다시 털이 나기 시작한다는구나.

엄마는 몸이 무거워서 다니기 힘들어 하고, 숨이 자주 차거나, 소화불량, 속 쓰림, 변비가 생기기도 한다. 너희들이 커져서 엄마의 폐를 압박해 숨을 깊이 쉬는데 힘이 드는 것이란다. 어제 이야기한 것, 둘 다 머리를 아래로 향해야 한다는 것 꼭 명심하고 그렇게 움직이도록 하거라. 그것이 너희들이 엄마를 돕는 중요한 일이다.

오늘의 말씀: **"하늘에 계신 너희 아버지의 온전하심과 같이 너희도 온전하라."**(마태복음 5장 48절) 이 말씀은 산상보훈 첫 번째 '의의 우선성' 문단의 결론 부분에 해당한다. 하나님의 자녀들은 아버지 하나님의 온전하심을 본받아 온전한 신앙생활을 해야 한다. "온전한"은 마음

이 나누어지지 않고 한 마음으로 되어 있는, 통째로의 상태를 의미한다. 사랑을 할 때 마음이 나누어지면 온전한 사랑을 할 수도 없다. 정신이 나누어지면 정신이 산만해지기도 하고 심하면 정신분열을 일으킬 수 있다. 나누어지지 않은 상태가 이렇게 중요하다. 하나님께서 우리를 사랑하실 때 분열된 마음이 아니라 온전한 마음, 나누어지지 않은 한 마음으로 사랑하신다. 우리도 그 하나님을 본받아 이웃들을 그렇게 사랑하는 삶을 살아야 한다.

오늘은 추위가 많이 풀렸다. 새벽에는 비도 조금 내릴 정도였다. 그래도 겨울이다. 사랑과 자비의 온전하신 하나님 품 안에서, 엄마의 따뜻한 사랑의 품 안에서 평안하게 행복하게 잘 지내거라. 샬롬!

셋째 날 _219일째
코로는 감각을 느낄 수 없네요.

사랑하는 나의 기쁨, 나의 희망 별 둘아 잘 지냈지? 오늘도 미세먼지 비상조치 발령이 내려졌다. 내일 출퇴근 시 대중교통은 무료다. 밖이 온통 뿌옇구나. 시계는 약 500m도 되지 않을 정도다. 미세먼지로 많은 사람들이 골머리를 앓는다. 나도 사무총회록 제출 마감날이라 인근 우체국에 가서 빠른 등기로 부치고 말았다. 너희들이 살 세상은 우리가 어렸을 때처럼 미세먼지가 별로 없는 세상이면 좋겠는데 점점 심해지는 것 같아 어쩌나 ㅠㅠ … 외할아버지는 독일 유학시절 이런 문제를 일찍부터 접했기 때문에 강의와 설교와 실생활을 통해 환경문제 개선을 위해서 노력해왔단다. 어른들이 모두 다 경각심을 가지고 미세먼지 줄이기 등 친환경운동을 전개해 나가야 하는데 ...

이제 너희들의 감각기관이 거의 다 활성화될 정도로 발달되었다. 오감 중에 코로 맡는 후각 기능만 모태에 공기가 없기 때문에 정지되어 있다. 후각은 태어나면 공기를 통해서 작동한다고 한다. 그 외에는 다 감각을 느낄 수 있단다.

엄마가 그러는데 한별이가 몸을 트는 것 같다고 했다. 몸을 틀어서 머리가 샛별이처럼 아래로 향하면 좋겠다고 한다. 내가 벌써 몇 번 이야기했는데, 한별이가 몸을 틀어서 머리가 아래로 내려갔다면 너무나 기특하고 기쁘다. 꼭 그렇게 몸을 틀어서 머리가 아래를 향해야 한다. 그래야 자연 분만 때 문제가 없단다.

오늘의 말씀 **"그런즉 너희는 먼저 그의 나라와 그의 의를 구하라 그리하면 이 모든 것을 너희에게 더하시리라."**(마태복음 6장 33절) 사람들은 의식주를 염려하며 그것들을 확보하기 위해서 노력을 많이 한다. 그것은 창조된 인간이 변질되었기 때문이다. 다른 피조물들, 풀이나 새들은 미래를 위해서 먹거리나 입을거리나 숙박시설을 마련하기 위해서 염려하지 않는다. 창조주 하나님을 신뢰하고 그분의 기르심과 돌보심에 모든 것을 맡긴다. 사람은 그것들보다 더 귀하고 중요하니 하나님께서 더 잘 보살피실 것이다. 그러므로 미래를 염려해서 그런

의식주를 위해서만 애쓰지 말라. 오로지 가장 중요한 하나님의 나라를 위해서 노력해라. 그러면 하나님께서 그의 나라는 물론 염려하는 다른 모든 것들도 다 제공해 주신다. 우리도 이러한 가르침에 따라 하나님께 모든 것을 맡기고 가장 중요한 하나님의 나라를 구하며 하나님의 말씀과 뜻을 준행하는 삶을 살아야 한다. 그러면 하나님께서 필요를 채워주실 것이다.

오늘도 사랑과 자비의 하나님 품 안에서, 엄마의 따뜻한 사랑의 품 안에서 행복하게 잘 지내거라. 샬롬!

넷째 날 _220일째
음악 신났어요.

나의 사랑, 나의 기쁨 나의 희망인 별 둘아, 오늘도 잘 지냈지? 오늘도 미세먼지 비상조치 발령이 났다. 내일도 난다고 한다. 밖은 뿌옇다. 연속 이틀째 비상조치 발령이다. 은행에 일보러 가는데 마스크를 쓰고 승용차를 운전해야 할 정도면 창을 열고 공기를 순환시키지도 못한다. 이런 어려움은 인간의 이기심 때문에 발생했다고 한다. 환경은 생각하지 않고 조금 더 벌고자 환경에 좋지 않은 물질들을 마구 사용해서 그렇게 되었다. 언제나 이런 공기가 좋아질까? 너희들이 태어나서 활동할 때는 좀 좋아져야 할 텐데.

오늘 너희들한테 신나는 음악을 틀어주니 막 움직이는 것이 엄마 배 표면에도 나타나더구나. 동영상으로 찍어서 카톡에 올린 것을 보니 인상적이었다. 태교에 클래식 음악이 좋다고 했는데 실제로 너희들이 좋아하는 모습을 보게 되니 확실히 믿게 되는구나. 태동도 더 활발해졌다고 한다. 열심히 움직여서 한별이는 자세를 확실하게 뒤집어야 한다. 머리가 아래로 가도록. 엄마가 한별이가 많이 움직였다고 하니, 이미 그렇게 했는지는 모르겠다. 샛별이는 그 자세 그대로 움직이기만 하면 된다. 한별이가 거꾸로 뒤집는다고 너도 따라서 하면 절대로 안된다. 너는 지금 그대로 있으면서 움직이고 운동하고 활동하거라.

오늘의 말씀: **"그러므로 무엇이든지 남에게 대접을 받고자 하는 대로 너희도 남을 대접하라 이것이 율법이요 선지자니라."**(마태복음 7장 12절) 앞부분의 긴 말씀이 황금률이다. 예수님께서 가르치신 기독교 최고의 계율에 속하는 귀한 말씀이다. 남에게 대접을 받고 싶은 최상의 것은 인간 대접일 것이다. 그런 대접을 보통사람들은 잘하지 못한다. 그런 대접을 자기가 받기 원한다면 내가 먼저 다른 사람을 그렇게 대접해야 한다. 그래야 그들도 인간대접이 무엇인지를 알고 나에게도 인간대접을 하게 될 것이다. 이것이 율법이요 선지자이다. 율법과 선지자들 말씀의 요약이란 뜻이다. 구약은 시편도 있지만 크게는 율법과 선지자의 말씀으로 이루어져 있다. 그 말씀의 요약이라는 것은 구

약에 기록된 전체 하나님의 말씀의 요약, 하나님의 가장 귀중한 뜻이라는 말이다. 그만큼 귀하니 이 황금률을 외우고 실천하는 삶을 살아야 인간 사회가 더 살기 좋은 곳이 될 것이다.

오늘도 사랑과 자비의 하나님의 품 안에서, 엄마의 따뜻한 사랑의 품 안에서 행복하게 잘 쉬거라. 샬롬!

다섯째 날 _221일째
동공반사를 익히고 있어요.

사랑하는 별 둘아, 오늘도 잘 지냈지? 엄마가 사진 찍은 것 보니까 배가 남산만큼 불렀더구나. 배가 볼록하게 부른 것을 서울 도성의 남쪽에 있는 제법 높은 산, 남산을 빗대서 표현한 말이다. 엄마의 배가 그렇게 불렀어도 배가 위쪽으로 불러서 아직은 몇십 일이 지나야 너희들이 나오겠다는 생각이 드는구나. 배가 아래쪽으로 부르면 아이가 나올 시간이 가까웠다고 본다.

너희들이 동공반사를 익히고 있다고 하는구나. 희미한 불빛에서는 눈을 뜨고, 환한 불빛 아래에서는 눈을 감는다. 이러한 반응은 본능적으로 이루어진다. 세상에 나와서도 너무 밝은 빛은 눈부셔서 보기가 힘들어. 해는 너무 밝아 눈으로 볼 수 없어. 달은 아무리 봐도 괜찮지만, 밝기의 차이가 엄청나서 그래. 해, 태양은 발광체이고, 달은 반사

체야. 태양과 같은 발광체도 아주 멀리 떨어져 있으면 별처럼 빛이 약해져서 우리가 바라보는데 아무런 불편이 없어.

오늘의 말씀: **"너희는 가서 내가 긍휼을 원하고 제사를 원하지 아니하노라 하신 뜻이 무엇인지 배우라."**(마태복음 9장 13a절) 이 말씀은 예수님께서 자기들이 의롭다고 생각하면서 죄인과 함께 식사하시는 예수님을 비난하는 바리새인들을 향해서 하신 말씀이다. 구약 호세아 6장 6절을 인용하신 것이다. 여기서 "내가"라고 말씀하신 분은 하나님이시다. 일반적인 유대인들은 하나님은 제사를 좋아하신다고 생각하고 제사를 열심히 드리지만, 가난한 사람들, 죄인들, 천대받는 자들을 불쌍히 여기지 않았다. 그들을 향해서 하나님께서는 호세아 선지자를 통해서 하나님은 긍휼을 원하지 제사를 원하지 않는다고 밝히셨다. 그것을 예수님께서 다시금 강조하신 것이다. 사람은 어렵게 사는 사람들을 불쌍히 여기며 긍휼히 여기고 도와야 한다. 하나님께서는 그것을 예배보다 더 원하신다. 하나님께 예배를 드리는 우리도 명심해서 이웃들을 긍휼히 여기며 사랑하고 섬기면서 살아야 한다.

오늘도 사랑과 자비의 하나님 품 안에서, 엄마의 따뜻한 사랑의 품 안에서 편히 행복하게 잘 쉬거라. 샬롬!

이곳이 좁아져서 작은 행동만 해요.

사랑하는 나의 기쁨, 나의 희망 별 둘아, 오늘도 잘 지내지?

오늘의 성장정보에 의하면, 너희들이 커지고 거기에 비례해서 지금 있는 공간이 좁아지기 때문에 이젠 뒤집기나 재주넘기 대신 머리를 좌우로 돌리는 행동들을 한다고 해요. 그래도 한별이는 머리가 아래로 다리가 위로 가도록 뒤집어야 하는데, 벌써 했으면 괜찮고, 아직 못했다면, 좁더라도 혼신의 힘을 다해서 그렇게 해보렴. 하루하루가 지날수록 그렇게 하기가 힘들고 어려워질테니. 빨리 한번 해 봐. 벌써 세 번째 강조하는 거야. 이미 했으면 하지 않아도 괜찮아.

오늘의 말씀: **"천국은 침노를 당하나니 침노하는 자는 빼앗느니라."**(마태복음 11장 12절) 이 말씀은 천국복음인 빼빼로 구절인 마태복음 11장 11절 다음에 오는 말씀이다. 바로 앞 구절 "천국에서 가장 작은 자가 세상에서 여인이 낳은 자 중에서 가장 큰 자(세례 요한)보다 더 크다"는 엄청난 복음이다. 천국에 들어가기만 하면 가장 작은 자가 되더라도 세상에서 가장 큰 자보다 더 크다니 엄청난 복음이 아닌가? 바로 이런 엄청난 복음이 선포되었다. 이런 복된 소식 때문에 천국은 지금까지 침략을 당하고 침략하는 사람마다 하나님의 나라를 획득한다는 말씀이다. 세상 나라는 침략한다고 다 빼앗는 것이 아니다. 피 튀기는 전쟁을 해서 이겨야 빼앗을 수도 혹은 져서 배상금을 물

어주어야만 하기도 혹은 휴전을 하기도 한다. 그 반면에 천국은 침략만 하면 실패하지 않고 획득할 수 있으니 천국을 침략하는 것이 얼마나 수지가 맞는지 모른다. 침략해서 그 나라를 획득하고 그 나라에 들어가기만 하면 세상에서 가장 큰 자보다 더 크다. 그러니 누구나 천국을 침략해서 그 나라를 획득해야 한다. 하나님 나라에 들어가면, 지극히 큰 하나님의 영광, 가장 완전한 하나님의 자유, 가장 풍성한 하나님의 풍요, 무궁한 하나님의 사랑과 영원무궁한 하나님의 생명에 참여하게 되니 얼마나 좋은가? 그러니 너희들도 꼭 천국을 침노해서 하나님의 나라를 구하는 일에 올인해서 그 나라를 획득해야 한다.

오늘도 사랑의 하나님 품 안에서, 엄마의 따뜻한 품 안에서 편히 행복하게 잘 쉬거라. 샬롬!

일곱째 날 _223일째
몸이 더 커졌어요. 좀 답답해요.

사랑하는 나의 기쁨, 나의 희망 별 둘아, 오늘은 어떻게 지냈니?

너희들의 덩치가 점점 커가고 그곳이 점점 좁아지니 혹시 답답하지는 않니? 움직이기도 힘들지? 너희들이 커짐에 비례해서 엄마는 힘들어 하신다. 15년 동안 다녔던 직장도 오늘부터 출산 휴가에 들어갔다. 집에서 쉬면서 출산준비에 전념하려는 모양이다. 아빠로부터 꽃다발

선물도 받았다. 너희들이 그렇게 귀중한 존재이기 때문에 귀하게 영접하려고 만반의 준비를 하고 있다. 너희가 출생해서 세상을 살아갈 때 자신이 존귀한 존재라는 사실을 잊지 마라. 그러면 어떠한 어려움과 잘못된 유혹에도 이겨나갈 수 있는 힘이 생길 것이다.

엄마는 태교를 위해서 성경을 일독하고 있다. 외할아버지는 너희들에게 성경에서 오늘의 말씀을 따와서 전해주고 있다. 외할머니는 너희들이 최고의 태교를 받고 있다고 한다. 게다가 감미롭고 아름다운 클래식 음악도 들으니 얼마나 좋은가? 하나님의 영에 감동이 되고 말씀으로 양육을 받아 정말 하나님께서 기뻐하시며 사용하시는 존귀한 하나님의 사람들이 되기를 바란다. 하나님의 뜻을 다 이루어 드리도록 하거라.

오늘의 말씀: **"수고하고 무거운 짐 진 자들아 다 내게로 오라 내가 너희를 쉬게 하리라."**(마태복음 11장 28절) 사람을 초청하는 유명한 예수님의 말씀이다. 인간은 누구나 수고해야 생명을 유지할 수 있고, 또 다소간에 무거운 인생의 짐, 죄의 짐을 지고 살아간다. 그러다가 너무 힘들면 쓰러지고 넘어져서 비참한 삶을 살기도 한다. 이러한 인생들을 구원하시기 위해서 하나님의 아들, 예수님께서 이 세상에 오셔서 그렇게 수고하며 무거운 짐을 지고 가는 인생들을 초청하셨다. 그에게 나아가서 짐을 내려놓기만 하면 편히 행복하게 쉴 수 있다. 혹여 너희들도 세상을 살다가 어렵고 힘들고 무거운 짐을 졌다고 느낄 때 예수님

께 나아가 짐을 내려놓고 쉼과 평화를 얻도록 하거라. 주님만이 우리에게 그러한 쉼과 평화를 주실 수 있다. 그분이 주시는 평화는 세상이 줄 수도, 빼앗을 수도 없는 하나님의 평화이다. 이러한 사실을 잊지 말거라.

오늘도 사랑과 자비가 충만하신 하나님의 넓으신 품 안에서, 엄마의 따뜻한 사랑의 품 안에서 편히 행복하게 잘 쉬거라. 샬롬!

별 둘이 32주째

" 몸무게가 죽죽 늘어요. "

224일
태아 크기 42.4cm
몸무게 1.7kg

225일
태아 크기 43.7cm
몸무게 1.9kg

226일
태아 크기 43.7cm
몸무게 1.9kg

227일
태아 크기 43.7cm
몸무게 1.9kg

228일
태아 크기 43.7cm
몸무게 1.9kg

229일
태아 크기 43.7cm
몸무게 1.9kg

230일
태아 크기 43.7cm
몸무게 1.9kg

grow UP

우리는 키와 몸무게가 평균이래요.

　사랑하는 나의 기쁨, 나의 희망 별 둘아, 오늘도 잘 지내지? 너희들이 엄마와 함께 교회에 와서 예배드렸는데, 경건한 분위기를 느꼈나? 은혜도 받았고? 외할아버지가 전하는 말씀 '네 빛을 사람들 앞에 비춰라'도 들었나? 이 말씀들이 영상으로 녹화되어 길벗교회 카페에 올려 있다. 나중에 너희들이 커서 신앙생활을 하게 될 때 한번 들어보도록 하거라.

　성장정보는 너희들의 키가 42㎝, 몸무게가 평균 1.7kg으로 점점 늘어난다는 것 외에 다른 것은 없다. 너희 둘은 쌍둥이인데도 거의 평균적인 키와 몸무게를 갖고 있다고 한다. 참 좋고 기쁘고 감사하다. 앞으로 너희들은 더 무거워지고 커가게 될 것이다. 잘 커서 출산한 후에 반갑게 기쁨으로 만나자.

　오늘의 말씀: **"주는 그리스도시요 살아계신 하나님의 아들이시니이다."**(마태복음 16장 16절) 이 말씀은 수제자 베드로가 예수님의 정체성에 관해 발설한 신앙고백이다. 예수님은 그리스도, 즉 기름부음을 받은 메시야이며, 동시에 살아계신 하나님의 아들이라는 뜻이다. 메시야는 하나님께서 인류 구원을 위해 보내신 분이다. 하나님의 아들은 그 당시 사회에서는 최고의 영웅들을 부르는 신화적인 용어였다. 이 말씀이 기독교에서는 실제 하나님의 아들을 표현했다. 예수님은 인류를

구원하시는 메시야이며 살아계신 사실적인 하나님의 아들이시다. 그분은 성령의 능력으로 부활하셔서 하나님의 아들로 인정이 되셨다(참조. 로마서 1장 4절). 이 예수님은 삼위일체의 하나님으로 숭앙된다. 우리는 이 믿음을 가지고 신앙생활을 해야 한다.

오늘도 사랑과 자비가 많으신 하나님의 품 안에서, 엄마의 따뜻한 사랑의 품 안에서 편히 행복하게 잘 쉬거라. 안녕!

둘째 날 _225일째

몸무게가 죽죽 늘어요.

사랑하는 나의 기쁨 나의 희망 별 둘아, 오늘도 잘 지내고 있지? 엄마는 이번 주부터 휴가에 들어간 셈이다. 쉬면서 식사도 만들어야 하고, 직장에 다녀오시는 아빠의 저녁식사도 준비하고, 또 너희들이 태어날 때를 위해서 여러 가지를 준비해야 할 것이다. 걷기 운동도 빠짐없이 한다. 그렇게 해야 건강도 유지하고 출산도 쉽게 할 수 있다. 이제부터 출생 시까지 너희들의 몸무게가 많이 는다. 거의 2배까지 증가할 수 있다. 아마 너희들은 다른 아이들보다는 2~3주 빨리 나오니까 몸무게가 좀 덜 늘게 될 것이다. 그때까지 지방이 축적되어 살이 더 붙고 더 건강한 몸을 갖추게 된다. 이제 몇 주간 잘 지내고 몸도 건강하게 잘 유지하기 바란다.

오늘의 말씀: **"사람이 만일 온 천하를 얻고도 제 목숨을 잃으면 무엇이 유익하리요."**(마태복음 16장 26a절) 예수님의 이 말씀은 1세기 갈리굴라는 로마 황제에 관한 영화의 첫 자막에 나온 말씀으로도 유명하다. 그 당시 로마 황제는 천하를 얻었다고 할 수 있다. 왜냐하면 로마는 지중해 연안 전체를 호령하는 가장 크고 강력한 제국이었기 때문이다. 갈리굴라는 황제가 되어 포악한 정치를 하며, 온갖 나쁜 짓을 하다가 부하 장군들의 혁명에 의해서 목숨을 잃고 만다. 이처럼 온 천하를 얻어도 자기 목숨을 잃으면 아무 유익이 없다.

다시 말하면 이 세상에서 아무리 출세하고 권력을 잡고 재물을 많이 모아도 하나님 나라의 영원한 생명을 얻지 못하면 아무 쓸데가 없다는 말이다. 우리는 하나님을 잘 믿고 하나님 제일주의로 살면서 하나님 나라의 영원한 생명을 얻어야 한다. 그러면 이 세상의 가장 큰 자보다 비교할 수 없을 정도로 큰 하나님의 아들과 딸이 된다. 이 세상에서 살 때에도 아쉬울 것이 없도록 하나님께서 우리에게 은혜와 복주시고, 그 영광의 나라에 이르도록 선하게 인도해 주실 것이다.

오늘도 사랑과 자비의 하나님의 품 안에서, 엄마의 사랑의 따뜻한 품 안에서 편히 잘 쉬거라. 샬롬!

셋째 날 _226일째

고환이 음낭으로 들어가요.

사랑하는 나의 기쁨 나의 희망 별 둘아, 오늘도 잘 지내고 있지? 오늘은 아빠와 교회 일로 카톡을 했다. 아빠가 직장 생활하시랴, 교회 일 하시랴, 가정을 돌보랴 여러 가지로 애 많이 쓰신다. 힘도 많이 드실 수도 있다. 너희들도 이런 점을 잘 감안해서 나중에 아빠를 조금이라도 기쁘게 해드리는 좋은 아이들이 되기 바란다.

성장정보에 의하면, 너희들의 장기가 제자리를 찾아간다고 하는구나. 특히 고환이 이제 음낭 안으로 들어가게 된다고 한다. 그런데 하나나 두 개의 고환이 출생할 때까지 음낭에 못 들어간 경우도 있다고 해요. 그래도 염려하거나 걱정할 필요가 없다. 한 1년 후에는 다 음낭으로 들어가 제자리를 찾기 때문이란다. 이러한 사실을 미리 알면 그런 일이 발생하더라도 아무 염려나 걱정을 할 필요도 없다.

오늘의 말씀: **"볼지어다. 내가 세상 끝날까지 너희와 항상 함께 있으리라."**(마태복음 28장 20b절). 이 말씀은 마태복음의 마지막 구절이다. 부활하신 예수님, 하늘과 땅의 모든 권세를 가지신 예수님께서 제자들에게 하신 최후의 말씀이다. 세상 끝날까지 항상 함께 있겠다는 말씀은 큰 위로와 약속의 말씀이다. 그런데 어떻게 그분이 함께 계실까? 부활하신 분이, 부활하셔서 영이 되신 분이 영으로, 성령으로 함께 계신다. 성령 받음의 절정의 은혜는 다른 것이 아니라 하나님의 임재, 예수 그리스도의 임재이다. 세상 끝날까지 성령으로 하나님의

임재를 이루시며 제자들과 함께 있는 것이 임마누엘이다. 마태복음에서 아기 예수가 태어났을 때, 그 아기는 임마누엘을 이루기 위해서 태어났다고 했다. 그것을 이제 부활하신 분이 이루신다. 하나님께서 우리와 함께 계신다는 임마누엘의 은혜가 가장 큰 은혜이며 가장 큰 복이다. 하나님이 함께 계시면 두려울 것이 없고, 형통한 자가 된다. 하나님과 함께라면 모든 것이 가능하다. 주님의 이 약속을 믿고 살면, 임마누엘의 은총을 받아 가장 복된 삶을 살게 될 것이다.

오늘 이번 겨울 들어와서 가장 추운 날에 임마누엘로 함께 하시는 주님의 은혜와 사랑 가운데, 엄마의 따뜻한 사랑의 품 안에서 행복하게 편히 쉬거라. 샬롬!

넷째 날 _227일째
손발톱이 자랐어요.

사랑하는 나의 희망 나의 기쁨 별 둘아, 오늘은 추운 날이었다. 올 겨울 들어 가장 추운 날이라고 한다. 영하 17도까지 내려갔고, 바람도 센 편이어서 체감 온도는 더 낮았다. 그 추운 가운데서도 엄마는 너희들 맞을 준비를 하느라고 가제수건을 수십 개 세탁해서 말리고 있구나. 얼마나 수고가 많은가? 감사할 일이다. 엄마 아빠에게는 평생 감사한 마음을 가지고 살아야 한다.

성장정보에 의하면, 너희들의 손톱과 발톱이 다 자랐다고 하는구나. 작은 아기이기 때문에 조그마한 손톱이고 발톱이지만 제법 날카로와 얼굴이나 팔에 생채기를 낼 수 있다. 태어나면 그 손톱과 발톱을 깎아야 한다. 태어나서부터 내 나이가 될 때까지 일주일에 한 번은 꼭 손톱과 발톱을 깎아주어야 한단다. 그러니까 처음 손톱을 깎을 때 무서워할 필요는 없다. 다 너희를 위해서 하는 것이다. 요즈음 손톱의 생채기를 막기 위해서 면장갑을 씌워놓기도 한다.

오늘의 말씀: **"할 수 있거든이 무슨 말이냐 믿는 자에게는 능히 하지 못할 일이 없느니라."**(마가복음 9장 23절) 귀신들린 아이의 아버지가 예수님에게 '제자들은 아이를 치료할 수 없습니다. 무엇을 할 수 있거든 우리를 불쌍히 여기사 도와 주소서'라고 간청할 때 하신 말씀이다. 여기서 믿는 자는 하나님의 존재만이 아니라 하나님의 전능성을 믿는 자를 말한다. 그런 자에게는 능히 하지 못할 일이 없다. 전능하신 하나님께서 도와주시기 때문이다. 우리도 전능하신 하나님에 대한 믿음을 가지고 있으면, 하지 못할 일이 없다. 그러한 하나님과 함께라면 모든 것이 가능하다. 이 말씀을 명심하고 전능하신 하나님에 대한 믿음을 갖고 살아야 할 것이다.

가장 춥다고 하는 오늘도 하나님의 사랑과 자비의 품 안에서, 엄마의 사랑의 품 안에서 따뜻하게 잘 지내기 바란다.샬롬!

다섯째 날 _228일째
소변 섞인 양수를 먹어도 괜찮아요.

사랑하는 나의 희망, 나의 기쁨 별 둘아, 오늘은 어제보다 기온이 더 내려갔다. 그러니 오늘이 가장 추운 날이 되었다. 이 추위에도 잘 지내고 있지? 오늘은 전주의 할아버지 할머니께서 너희들에게 필요한 물품을 많이 보내주셨다. 엄마는 그것들을 정돈하고, 세탁하느라 정신이 없을 정도다. 이렇게 너희들은 사랑을 많이 받고 있다. 얼마나 좋고 행복하냐? 늘 감사한 마음으로 기쁘고 행복하게 살아야 한다.

성장정보에 의하면, 너희들은 방광에서 매일 0.5ℓ 씩 소변을 눈다고 한다. 그 소변은 엄마의 양수에 섞이게 되고, 점점 더 소변의 양이 많아지게 된다. 성인의 소변과는 달리 너희들의 소변은 깨끗하니까 그래도 괜찮다. 또 양수를 물처럼 마셔도 별 문제가 없다. 이번 주에 너희들의 몸무게는 벌써 1.9~2kg에 달한다. 이제 1kg 정도 더 찌면 세상으로 나오게 될 것이다. 이제 얼마 안 남은 셈이다. 나는 이번 28일 주일 저녁부터 수요일 저녁까지 3박 4일 부흥회를 인도하게 된다. 새벽기도회, 오전집회. 저녁집회 등 하루에 3회나 인도하게 되었다. 혹시 몸에 무리가 가면 어쩌나 하는 염려가 있지만, 그래도 주님께서 잘 지켜주실 줄 믿고 가려고 한다. 혹시 부흥회 인도 때문에 너희들에게 글을 쓸 수 있을지 모르겠구나.

오늘의 말씀: "그러나 먼저 된 자로서 나중 되고 나중 된 자로서 먼

저 될 자가 많으니라."(마가복음 10장 31절) 이 말씀은 나이가 들어서 회심한 사람들에게 큰 용기를 주는 격려의 말씀이다. 기독교 역사에 가장 중요한 인물인 사도 바울이나 성 어거스틴도 모두 나중에 기독교인이 된 사람들이다. 그런데 그들이 먼저, 더 일찍 기독교인이 된 동료 기독교인들보다 더 큰 일을 했고 더 위대한 인물이 되었다. 군대에 갔다오고 일반대학 졸업반 때 회심하여 좀 늦게 신학대학원을 간 나도 이 말씀이 은혜가 된다. 지금까지도 이 말씀을 부여잡고 살아왔다. 너희들도 혹시 나중에 회심을 하더라도, 모태에서 성령에 감동이 될 때에는 그렇게 되지는 않겠지만, 낙심하지 말고 이 말씀을 부여잡고 용기를 얻어 나중 된 자로서 먼저 되는 훌륭한 기독교인이 되길 바란다.

가장 추웠다고 한 어제보다 더 추운 오늘도 사랑과 자비의 아버지 하나님의 품 안에서, 엄마의 따뜻한 사랑의 모태 안에서 행복하게 잘 쉬거라. 샬롬!

여섯째 날 _229일째
단백질과 지방이 더 필요해요.

사랑하는 나의 희망, 나의 기쁨 별 둘아, 어제보다 더 추운 오늘, 올 겨울 들어와서 가장 추운 날 어떻게 잘 지내고 있니? 나는 그 추운데도 새벽기도회 가서 너희들을 위해, 너희 엄마 아빠를 위해서 기도하고 왔다. 옷을 단단히 입었는데도, 머리에 털모자를 두 개나 썼는데도 머리가 시렵더라. 그후에는 집 안에서 부흥회에서 전할 말씀을 정리하며 지내고 있다. 너희들은 이러한 추위를 모르겠지? 엄마의 따뜻한 배 안에 있으니까? 감사한 일이지.

성장정보에 의하면, 너희들의 피부색이 이제 엄마와 같아지고 있대요. 투명한 색에서 분홍빛 반투명으로 변해가고 있고, 이때, 즉 임신 말기에는, 태아들에게 단백질과 지방이 가장 많이 필요하다고 하는구나. 너희들에게는 엄마와 아빠가 알아서 그러한 영양을 잘 보충해 주실 것이다.

오늘 엄마가 32주 차 정기검진을 받았는데, 한별이는 1.7kg, 샛별이는 1.8kg가 되었다고 하는구나. 평균보다는 100~200g 차이가 있는데, 무시할 만한 차이이다. 둘 다 건강하게 평균적으로 잘 자라고 있다니 안심하거라. 근데 한별이가 내 말을 잘 듣고 자세를 바꾸려는 모양인데 옆으로 누워있다고 한다. 엄마도 네가 머리가 완전히 아래로 오도록 자세를 취한다고 하니 조금 더 힘을 내서 완전히 머리가 아래로 내려가도록 해보거라. 주님께서 힘을 주시고 도와주시기를 기도한다.

오늘의 말씀: **"영접하는 자 곧 그 이름을 믿는 자들에게는 하나님의 자녀가 되는 권세를 주셨으니."**(요한복음 1장 12절) 우리는 다 사람의 자녀들이다. 그런데 하나님께서 어떤 사람들에게는하나님의 자녀가 되는 놀라운 권세를 주셨단다. 그런 사람들이 누구인가 하면, 하나님의

독생자 예수 그리스도를 영접하는 사람들이다. 예수 그리스도의 이름, 즉 예수 그리스도를 믿고 그분을 마음에 주님으로 영접하는 사람들이다. 하나님의 자녀는 굉장하다. 하나님의 모든 부요함, 그 영광, 그 자유, 그 생명, 그 사랑, 그 평화, 그 풍성함, 이 모두를 상속받는다. 세상에서 가장 큰 자도 하나님의 자녀에 비하면 아주 초라할 지경이다. 주님을 믿고 그분을 영접하여 사는 자가 이런 놀라운 권세를 갖는 가장 행복한 복된 사람이 된다. 명심하거라.

어제보다 더 추운 오늘도 사랑과 자비의 하나님 품 안에서, 엄마의 따뜻한 사랑의 품 안에서 행복하게 잘 지내거라. 안녕,

일곱째 날 _230일째
제법 빨리 자라요.

사랑하는 나의 기쁨 나의 희망 별 둘아, 오늘은 어제보다 낮기온이 7도나 높았다지만 아직도 영하 4~5도의 추위다. 밖에 나갈 생각을 하지 않고 집에서도 옷을 몇 겹씩 입고 지내고 있다. 그런데 너희들은 놀랍게도 엄마의 뱃속에서 아무런 옷도 입지 않고 알몸으로도 따뜻하게 지내고 있구나. 감사한 일이지.너희들이 요즈음 놀라운 속도로 자라고 있단다. 몸이 자람에 따라 양수는 적어지고, 양수가 적어지니 몸의 활동이 엄마에게 더욱 잘 느껴진다고 한다. 한편으로는 몸이 커져서 그

전처럼 몸을 뒤집든지 거꾸로 돌든지 하기가 어렵게 되었지. 한별이는 많이 옆으로 돌았다고 하지만, 몸을 더 틀어서 머리가 아래로 내려가도록 해 보아라. 어렵다면, 하나님께서 함께 하시면 모든 것이 가능하다란 믿음으로 해 보도록 해라. 해내면, 앞으로 세상에 나와서도 어떤 어려운 일도 잘해낼 수 있게 될 것이다.

오늘의 말씀: **"사람이 물과 성령으로 나지 아니하면 하나님의 나라에 들어갈 수 없느니라."**(요한복음 3장 5절) 이 말씀은 천국에 들어가는 조건과 같은 말씀이다. 이 말씀은 해석이 여러 가지로 갈리지만, 나는 물과 성령, 이 두 단어가 한 가지 뜻을 갖는 것으로 이어일의로 해석해서 사람이 성령으로 나야만 하나님의 나라에 들어간다고 말한다. 인간은 다른 수단과 방법으로는 하나님의 나라에 들어갈 수 없다. 오로지 예수 그리스도를 믿음으로 성령의 능력에 의해서 하나님 나라에 들어갈 수 있다. 우리는 예수 그리스도를 구주로 믿고 성령의 능력을 하나님의 뜻을 행함으로써 하나님의 나라에 들어가는 존귀한 하나님의 자녀가 되어야 한다.

오늘도 사랑과 자비가 충만하신 하나님의 품 안에서, 엄마의 따뜻한 사랑의 품 안에서 행복하게 잘 지내거라. 안녕!

별 둘이 33주째

"4일 동안 부흥회를 다녀오느라고
별 둘이에게 글을 쓰지 못했다."

235일
태아 크기 45cm
몸무게 2.1kg

236일
태아 크기 45cm
몸무게 2.1kg

237일
태아 크기 45cm
몸무게 2.1kg

청각이 매우 발달했어요. 다 들려요.

사랑하는 나의 희망, 나의 기쁨 별 둘아, 4일 만에 대하니 참 반갑다. 오늘도 잘 지냈니? 며칠 동안 부흥회를 인도하느라고 너희들에게 글을 쓰지 못했구나. 그래도 매일 너희들을 위해서 기도했단다. 오늘은 교회에 갔다 와서 그 동안 밀렸던 뉴스를 보다가 이렇게 늦었구나. 너희들의 청력이 충분히 발달해서 엄마 몸속에서 나는 여러 가지 소리가 다 들릴 텐데 어쩌면 너희들에게 시끄러울지도 모르겠다. 이제는 이런 소리에 익숙해지고 있다는구나. 때때로 울리는 시끄럽거나 날카롭거나 낯선 소리를 들으면 심장박동수가 증가한대요. 아마 좀 놀라서 그럴 거예요. 그러니 엄마도 외부의 시끄러운 소리나 날카로운 소리가 나는 곳은 피하고 지금까지 했던 대로 클래식 음악이나 찬송가를 조용히 틀어주면 좋겠다.

오늘의 말씀: "**하나님이 세상을 이처럼 사랑하사 독생자를 주셨으니 누구든지 저를 믿으면 멸망치 않고 영생을 얻게 하려 하심이니라.**"(요한복음 3장 16절) 이 말씀은 성경 전체에서 가장 애용되는 말씀 중의 하나이다. 하나님께서 이 세상을, 특히 사람을 사랑하셔서 그들을 구원하시고자 독생자 아들을 주셨다. 그는 세상 죄를 지고 가는 하나님의 어린양으로 인간의 죄를 대신 짊어지시고 험한 십자가에 못 박혀 죽으셨다. 그를 믿는 자는 속죄함을 얻어 멸망당하지 않고 영생을

얻게 된단다. 이 말씀은 기독교의 구원론을 가장 간명하게 표현한 말씀으로 기독교인이면 거의 다가 외우고 있다. 너희들도 이 말씀은 꼭 외우도록 하거라.

오늘도 사랑과 자비가 무궁한 하나님 아버지의 품 안에서, 엄마의 따듯한 사랑의 품 안에서 편히 잘 쉬거라. 안녕!

여섯째 날 _236일째
엄마, 양수가 많아요.

사랑하는 나의 희망 나의 기쁨 별 둘아, 오늘도 잘 지내고 있지? 요즘은 무엇을 하고 있나? 태어날 날을 학수고대하고 있는 것은 아닌가? 보통 태아들은 이때쯤이면 머리를 자궁 문 쪽으로 두고 거의 거꾸로 서 있다고 한다. 거꾸로 서 있어도 양수에 떠 있어서 꼭 우주선의 우주인들이 우주 유영을 하는 것 같을 거야. 다만 우주는 무변광대하게 넓지만, 너희들이 있는 자궁은 좁아서 이젠 운신하기도 좀 어려울 수도 있을 것 같다. 어때 둘 다 태어날 준비를 하고 머리는 아래로 향해 있나? 하나라도 그렇게 안되면 엄마의 배를 수술해서 너희들을 꺼낼 수도 있단다. 우리는 그렇게 안되기를 기도하고 있다. 엄마는 벌써 너희들의 출산을 좀 더 용이하게 하기 위해 출산 시 호흡법을 연습하고 있단다. 호흡법이 자연스럽게 잘되어야 자연분만하기가 쉽단다.

엄마의 자궁은 태아의 크기로만 결정되지 않고 양수의 양과도 상관관계가 있다고 하는구나. 너희 둘이 엄마 뱃속에 있으니 엄마의 자궁이 다른 엄마들보다 더 크고 넓을 거야. 아마 양수도 더 많을걸? 그래서 별 둘이가 지금까지 운동도 하고 잘 지낼 수 있었지.

오늘의 말씀: **"하나님은 영이시니 예배하는 자가 영과 진리로 예배할지니라."**(요한복음 4장 24절) 이 말씀은 인간이 창조주 하나님께 예배 드리는 본질적인 방법에 관해서 이야기하고 있다. 인간은 자기 스스로 초월적인, 영이신 하나님을 알 수도 없고, 예배를 드릴 수도 없다. 하나님은 영이시니 예배하는 자들은 영과 진리로만 예배를 드릴 수 있다. 모든 육적인 것, 모든 허위나 가식이나 비진리로는 예배가 불가능하다. 하나님의 영을 받은 사람들만이 성령의 능력으로 진리의 말씀으로 진리이신 예수 그리스도의 도움으로 참된 예배를 드릴 수 있다. 너희들도 하나님의 영을 받아 영과 진리로 예배를 드릴 수 있는 사람들이 되어야 한다.

오늘도 사랑과 자비가 무궁하신 하나님의 품 안에서, 엄마의 따뜻한 사랑의 품 안에서 편히 행복하게 잘 지내거라. 안녕!

하부지 태교일지

태반 성장이 멈췄어요.

사랑하는 나의 희망 나의 기쁨 별 둘아, 밤엔 눈이 오고 낮엔 추웠는데 어떻게 지냈니? 할아버지는 부흥회를 다녀오고 목요일 성경공부를 인도하고 그래서 그런지 오늘은 몸이 개운하지 않구나. 이젠 몸에 무리가 가는 일은 하면 안될 것 같다.

너희들이 엄마의 몸과 직접 연결되어서 영양분을 얻는 통로인 태반이 이제는 거의 성장을 멈추었다고 한다. 그런 상태에서도 통로로서의 작용은 무리 없이 진행이 될 것이다. 너희들이 떠 있고, 또 마시며 호흡 연습을 하는 양수는 양에 있어서 최고치에 도달했다고 하는데, 개인 차이가 있지만 약 300mg~2ℓ에 해당한다고 하는구나. 하지만 이제는 너희들이 컸으니 양수가 몸 절반 정도 밖에 차지 않을 수도 있겠구나.

오늘의 말씀: **"진리를 알지니 진리가 너희를 자유케 하리라."**(요한복음 8장 32절) 이 말씀은 유명한 말씀이어서 여러 대학교의 문장으로 사용되기도 한다. 한국의 대표적 미션스쿨인 연세대학교가 이 말씀을 문장으로 사용하고 있다. 요한복음에서 진리는 실재로 존재하는 하나님의 총체적인 사실성이다. 여기에 하나님의 아들 예수 그리스도도, 하나님의 말씀도 포함된다. 이 진리를 알게 되면, 진리가 우리를 죄와 어둠과 죽음의 공포와 절망에서 자유케 한다. 진리되신 그리스도가

우리를 자유롭게 하면 참 자유인이 된다. 패트릭 헨리는 "나에게 자유를 달라. 그렇지 않으면 죽음을 달라"고 했다. 이처럼 자유는 생명보다 귀하다. 모든 사람들이 참 자유를 획득하기를 꿈꾼다. 너희들도 성경의 진리를 알고, 그리하여 자유를 획득하고 자유를 누리며 자유를 위해 사는 참 자유인이 되거라.

오늘도 자비와 사랑이 충만한 하나님의 품 안에서, 엄마의 따뜻한 사랑의 품 안에서 편히 행복하게 잘 쉬거라. 샬롬!

하부지 태교일지

별 둘이 34주째
" 여덟 달째로 접어듭니다. "

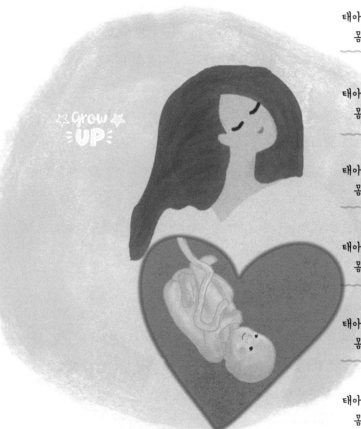

239일
태아 크기 46.2cm
몸무게 2.4kg

240일
태아 크기 46.2cm
몸무게 2.4kg

241일
태아 크기 46.2cm
몸무게 2.4kg

242일
태아 크기 46.2cm
몸무게 2.4kg

243일
태아 크기 46.2cm
몸무게 2.4kg

244일
태아 크기 46.2cm
몸무게 2.4kg

첫째 날 _238일째

사랑하는 나의 희망, 나의 기쁨 별 둘아, 오늘도 잘 지냈지? 엄마랑 아빠와는 교회에서 만났다. 엄마 배는 많이 나왔고, 이제는 거동도 불편해 하더라. 집에서도 식사 준비 등 오래 서서 일하면 힘들고, 이젠 너희들이 아래로 많이 내려와서 미세하게나마 가진통도 느껴진다고 한다. 할머니는 구정이 십여 일 정도 남았으나 너희들이 구정을 지내고 나오면 좋겠다고 한다. 이제 2~4주 사이에 세상으로 나올 수 있을 것 같구나. 그때까지 하나님께서 잘 지켜주시고, 적합한 시간에 태어나게 해 주시기를 기도한다.

지금 너희들의 몸무게가 약 2.3kg 정도 되었을 것이다. 막 성장하고 있는 중이다. 소화기관도 정상 작동하고, 잠잘 때는 꿈도 꾼다고 한다. 너희들이 무슨 꿈을 꾸는지가 궁금하다. 지난 번에는 청운의 꿈, 잠잘 때의 꿈, 비전 등에 관해서 이야기했었지. 오늘은 사람들이 꾸는 꿈의 종류에 관해서 이야기해 줄게. 꿈 종류가 참 많더구나. 길몽, 태몽, 현몽, 심몽, 영몽, 심몽, 예지몽, 계시몽, 자각몽, 허몽, 잡몽, 흉몽 등. 나중에 너희들이 좀 더 크면 이런 꿈들에 관해서 이야기를 해주마.

오늘의 말씀: **"내가 곧 길이요 진리요 생명이니 나로 말미암지 않고는 아버지께로 올 자가 없느니라."**(요한복음 14장 6절) 이 말씀은 요한복음에 나오는 유명한 7개의 '에고에미'(나는 … 이다) 말씀 중의 하나이다.

하부지 태교일지

예수 그리스도께서 자기의 정체를 밝히신 말씀이다. 그 말씀에 의하면, 예수 그리스도는 인간이 가야 할 길이고, 알아야 할 진리이고, 얻어야 할 생명이다. 여기서 진리는 실제로 살아 계신 하나님의 총체적인 사실성이고,(237일째 오늘의 말씀을 참조하라) 생명은 이 세상의 현세적인 생명이 아니라 저 세상의 영원한 생명, 하나님의 생명을 말한다. 그만큼 예수 그리스도는 우리 인간에게 가장 중요하고 필요한 분이시다. 우리는 그분을 믿고 따르며, 그분을 알고, 그분을 통해서 생명을 얻어야 한다. 이 생명은 자유와 영광이 충만한 영원한 하늘나라의, 하나님의 생명이다.

오늘도 사랑과 자비가 충만한 하나님의 품 안에서, 엄마의 따뜻한 사랑의 품 안에서 편히 행복하게 잘 쉬거라. 샬롬!

둘째 날 _239일째
몸의 균형이 잘 맞아요.

사랑하는 나의 희망 나의 기쁨 별 둘아, 오늘도 잘 지내지? 봄이 온다는 입춘이 지났는데도 아직도 강 추위다. 새벽기도 갈 때는 그렇게 추운 것을 몰랐는데, 두 시간 후 집에 도착할 때쯤 엄청 추워서 혼났다. 내일은 오늘보다 더 춥다고 한다. 그래도 입춘이 지났으니 얼마 지나지 않아 봄이 오리라는 희망을 갖게 된다. 추위가 좀 풀리고 남녘에서 봄소식이 올 때쯤 너희들이 희망을 가져다주는 봄 전령처럼 태어나겠구나. 이래저래 너희들은 희망이구나. ~~

너희들은 이제 신생아처럼 몸의 균형이 잘 잡혀간다는구나. 팔다리가 적절한 비율로 성장했고, 근육도 발달하고 골격도 거의 완성이 되었단다. 중추신경계도 계속 발달하고 있고, 폐기관도 충분히 발달되어 태어나면 공기로 호흡할 수도 있게 되었다. 이번 주의 몸무게는 평균 2.4kg이 된단다. 너희들의 외삼촌들은 태어날 때 몸무게가 아마 2.8kg에서 3.15kg 사이였던 것으로 기억된다. 너희들은 쌍태니까 그보다는 덜 나가게 될 것 같구나. 그래도 태어나서 건강하게 잘 자라면 된다.

오늘의 말씀: **"너희가 나를 사랑하면 나의 계명을 지키리라."**(요한복음 14장 15절) 이 말씀은 구주 예수 그리스도와 그의 제자들과의 관계가 어떠해야 하는지를 언급한 말씀이다. 십자가의 은혜를 포함하여 주님의 사랑을 받은 사람은 주님을 사랑하게 된다. 우리 주 하나님과 그리스도는 인간을 하나님의 자녀로 삼아 정말 진한 사랑의 교제를 나누시기 원하신다. 그 사랑을 받은 사람은 주님을 사랑하게 된다. 주님을 사랑하는 사람은 그분께서 하신 말씀, 계명을 지켜야 한다. 그의 계명은 "서로 사랑하라"이다. 자녀들끼리는 서로 사랑해야 한다. 이러한 계명을 잘 지켜야 주님을 사랑한 것이 되고, 이러한 사람들이 주님을 따르는 제자들이 된다. 우리도 그렇게 하여 주님의 제자들이 되어야 한다.

하부지 태교일지

오늘도 사랑과 자비가 무궁하신 아버지 하나님의 품 안에서, 엄마의 따뜻한 사랑의 품 안에서 편히 행복하게 지내거라. 샬롬!

셋째 날 _240일째

피부에 주름이 없어져요.

사랑하는 나의 희망, 나의 기쁨 별 둘아, 안녕, 잘 지내고 있지? 오늘은 참 기쁜 날이다. 엄마가 검진도 받고 초음파로 너희들의 모습을 살펴보았단다. 너희 둘이 다 나란히 머리는 아래로 향하여 있다고 하는구나. 엄마는 너희들이 그런 자세가 되어 자연분만을 하던지, 하나가 거꾸로 되어 제왕절개수술을 하던지 하나님의 뜻대로 해달라고 기도했단다. 나는 너희들, 특히 한별이에게 머리를 아래로 향하도록 힘써 움직여보라고 세 번쯤 이야기를 했었지. 그런데 그렇게 둘 다 머리를 아래로 향해 있다고 하니 제왕절개수술을 할 필요가 없어서 좋고, 한별이가 할아버지의 말씀을 잘 듣고 그렇게 움직여 주어서 얼마나 기쁜지 모르겠다. 너희들이 그렇게 말도 잘 듣고 순종을 잘하니 얼마나 착하냐? 이제는 그런 자세로 지내다 때가 되면 태어나면 된다. 그러면 많은 가족과 친지들이 기뻐하며 환영하며 축하할 것이다.

너희들이 잉태한 지 오늘로 240일째 되는 날이다. 이젠 대략 20일 전후가 남은 셈이다. 요즘은 너희들의 살갗 아래에 지방층이 생기면서 피부의 주름이 쫙 퍼져서 주름은 점차 줄어들어 피부가 통통해지며, 피부를 덮고 있던 보호물질인 태지는 점점 두꺼워진다고 한다. 태어나면 주름이 없는 통통하고 예쁜 모습을 하게 될 것이다. 기대가 된다.

　오늘의 말씀: **"저희를 진리로 거룩하게 하옵소서. 아버지의 말씀은 진리니이다."**(요한복음 18장 17절) 할아버지가 봉직했던 서울신학대학교의 문장 "진리와 성결"은 이 말씀에서 따온 것이다. 진리는 앞에서도 설명했듯이 하나님의 사실성이다. 하나님에게서 나온 하나님의 아들 예수 그리스도도 진리이고, 그분의 말씀도 진리이다. 이 진리는 사람들에게 생명의 길을 제시하며, 아버지 하나님을 예배하게 할 수 있고, 아버지에게로 인도하여 그분의 거룩한 속성에 참여하게 할 수도 있다. 오늘의 말씀은 예수님께서 제자들과 세상에서 작별하기 전에 드린 최후의 고별기도에 속한다. 고별설교는 남아 있는 제자나 후손들이 지켜야 할 가장 귀중한 교훈을 담는 문학 양식이다. 이렇게 귀한 가르침이니 이제 제자들은 진리를 알고 진리가 제시하는 길을 가서 생명을 얻고 하나님의 '거룩'을 생활화해야 한다. 너희들도 앞으로 이러한 귀한 제자들이 되어야 할 것이다.

　오늘도 사랑과 자비가 무한하신 하나님 아버지의 품 안에서, 엄마의 따뜻한 사랑의 품 안에서 편히 잘 쉬거라. 샬롬!

몸무게가 많이 늘어나고 딸꾹질도 했어요.

사랑하는 나의 희망 나의 기쁨 별 둘아, 그렇게 춥던 강추위가 오후에는 물러가 영도 정도 되었다. 날이 풀렸는데 어떻게 잘 지냈니? 오늘 오후에 나랑 할머니가 엄마와 함께 외식을 했다. 엄마 몸이 많이 무거워 아마 거의 마지막 외식이 아닐까 싶다. 너희들에게도 좋으라고 맛있는 스테이크 집에 갔다. 역시 엄마가 음식점을 잘 골랐다. 가장 맛있는 스테이크 같았다. 오후에 앞으로 너희들이 자랄 집에 가서 쉬면서 너희들의 방도 구경했다. 엄마가 2시간 반 정도 외출하였는데 많이 힘들어 하더라. 그래서 너희들이 태어나면 사용할 침대가 오는 것을 보지 못하고 돌아왔다. 엄마가 사진을 찍어보내서 너희들 침대가 어떤 것인지 보았다. 또 너희들이 딸꾹질하며 움직이는 것까지 사진을 찍어 보내서 잘 보았다. 호흡을 연습하다가 딸꾹질을 보통 2~3분 하는데, 길게는 10분 정도도 한다고 하더라. 요즘은 몸무게가 많이 늘어나는 때이다. 일주일에 약 200g 정도 는다. 너희들의 지금 몸무게는 1.9kg 정도. 이번 주와 다음 주에 많이 는다고 한다. 엄마가 힘들지 않으면 3주 지나서 나오면 좋겠다. 몸무게도 많이 늘고 호흡도 잘할 수 있게 되어서 말이다. 그래야 인큐베이터에 들어가지 않고 자랄 수 있다고 하는구나. 그렇게 되기를 빈다.

오늘의 말씀: **"주 예수를 믿으라 그리하면 너와 네 집이 구원을 받으리라."**(사도행전 16장 31절) 이 말씀은 사도 바울이 간수가 "내가 어떻게 하여야 구원을 받으리이까?"라고 질문했을 때 한 대답이다. 이 대화가 일어난 상황은, 사도 바울이 전도하다가 유대인들의 반대와 무리들의 고발로 옥에 갇히게 된다. 옥에서 기도하고 찬송하니 큰 지진이 나고 감옥의 터가 움직이고 옥문이 열리고 얽어맨 사슬이 풀렸다. 간수가 자다가 놀라서 깨어 옥문이 열린 것을 보고 죄수들이 도망한 줄 알고 자결하려고 할 때, 바울이 "네 몸을 상하지 말라"고 소리쳤다. 그러자 간수가 바울 앞에 엎드리며 위의 말로 질문하고 바울이 대답했다. 이 말씀처럼 사람은 예수를 믿어야 구원을 받는다. 예수를 믿는다는 것은 그가 십자가에 달려 돌아가셔서 나의 죄를 대속하셨다는 사실을 믿는 것이다. 그 사실을 믿게 되면, 그 은혜에 대한 감사와 그 은혜를 주신 분에 대한 사랑이 생기게 된다. 이러한 믿음, 사랑과 감사의 믿음이 자기와 자기 집을 구원하게 된다. 우리는 자기와 자기 집을 구원하는 이러한 믿음을 가져야 한다.

오늘도 사랑과 자비가 무한하신 아버지 하나님의 품 안에서, 엄마의 따뜻한 사랑의 품 안에서 편히 행복하게 잘 쉬거라. 안녕!

생식기관이 자리를 잡았어요.

사랑하는 나의 희망 나의 기쁨 별 둘아, 안녕, 잘 지냈지? 강추위가 조금 물러가서 오늘은 모처럼 새벽기도 끝난 후 할머니랑 20~30분 산책을 했지. 그동안 10여 일간 운동을 하지 못했었다. 산책을 하니까 몸이 개운해졌다. 너희들도 그 안에서 운동도 조금씩 하지? 안하는 것보다 하는 것이 몸과 두뇌 활성화에 훨씬 더 좋단다. 너희들은 태어나기 전부터 너희들의 다음 대를 위한 생식기관이 형성이 되고 최적화된 몸으로 발달하고 있다. 정자가 생산될 고환이 계속 아래로 내려와 몸통과 거리를 두게 된다. 그래야 체온이 많이 전달이 안되어 정자 생산에 차질이 없게 된다. 고환의 체온이 낮아야 정자가 활발하게 잘 생산이 된다. 너희들이 태어나기 전부터 그렇게 완전하게 준비가 된다고 하니 놀랍다. 하나님의 솜씨가 신묘막측(神妙莫測) 할 따름이다.

오늘의 말씀: **"주께서 생명의 길을 내게 보이셨으니 주 앞에서 내게 기쁨이 충만하게 하시리로다."**(사도행전 2장 28절) 인간에게는 죽음이 가장 큰 문제이다 죽음을 이기는 영원한 생명의 길을 알게 되면 얼마나 기쁜지 모른다. 주님께서 이런 생명의 길을 보여주시는 것은 우리에게 기쁨이 충만하기를 원하시기 때문이다. 우리는 주님으로부터 영원한 생명을 얻어 주님께서 주시는 충만한 기쁨을 맛보며 살아가야 한다.

오늘도 사랑과 자비가 무한하신 하나님 아버지의 품 안에서, 엄마의 따뜻한 사랑의 품 안에서 편히 행복하게 잘 쉬거라. 안녕!

여섯째 날 _243일째

피부가 분홍색을 띄어요.

사랑하는 나의 희망 나의 기쁨 별 둘아, 오늘도 잘 지냈지? 하루가 어떻게 지나가니? 우리는 빠르게 지나가는 것 같다. 특히 할아버지는 목회를 하기 때문에 시간이 한 주일씩 척척 지나가는 것 같다. 주중에는 주로 설교를 준비하고 주말에 설교를 작성하고 주일 예배 시에 설교를 하면 일주일이 지난단다. 너희들은 요즘 하루가 그냥 지나가는 것 같겠지만, 몸무게가 약 30g씩 는다. 일주일에 약 200g 이상이 느는 셈이다. 몸에는 백색지방이 축적되면서 분홍색을 띄게 되고, 살도 주로 어깨 주변으로 통통하게 차오른다. 영양이 좀 부족하면 살이 그렇게 토실토실하게 오르지는 않는다. 지난 수요일 엄마랑 스테이크를 먹은 것도 너희들이 살이 잘 차오르라고 한 것이었다. 아마 엄마도 집에서 식사에 신경을 쓸 것이다. 너희들이 가장 건강하고 아름다운 모습으로 태어나도록 하기 위해서.

오늘의 말씀: **"내가 너를 이방의 빛을 삼아 너로 땅 끝까지 구원하게 하리라."**(사도행전 13장 47절) 이 말씀은 사도 바울이 선교여행을 하

면서 비시디아 안디옥의 회당에 들어가 설교하는 중 이사야 49장 6절의 말씀을 자기들에게 적용하면서 한 말씀이다. 놀라운 것은 사도 바울이 자신이 사망과 흑암에 거하는 이방 백성에게 빛 된 존재라고 말한 사실이다. 그동안 우리는 메시야만이 세상의 빛, 이방의 빛인 줄 알았는데, 사도 바울이 자기도 이 말씀이 응한 그러한 사람이라는 것이다. 결과적으로 그도 이 말씀대로 그러한 사람으로서 땅 끝까지 구원한 이방인의 사도가 되었다. 이러한 말씀은 우리에게도 적용이 될 수 있다. 우리도 많은 사람을 올바른 데로 인도하고 구원하는 빛 된 존재가 될 수 있다. 너희들도 이러한 빛 된 사람들이 되기를 바란다.

오늘도 사랑과 자비의 아버지 하나님의 품 안에서, 엄마의 따뜻한 사랑의 품 안에서 행복하게 잘 지내거라. 안녕!

일곱째 날 _244일째
우리 몸이 여기를 가득 채웠어요.

사랑하는 나의 희망, 나의 기쁨, 별 둘아, 잘 지냈지? 오늘 엄마 아빠가 교회 사역자들 명절 선물을 준비하느라 수고가 많구나. 너희들도 힘들지는 않았니? 엄마는 몸이 무거워 힘들어 하더구나. 나는 내일 할 설교를 준비한 후 평창동계올림픽 경기를 보면서 이 글을 쓴다. 어제 올림픽 개막식이 있었다. 개막식의 여러 가지 행사에 볼 만한 것이 많았다. 디지털과 아날로그를 결합하여 개막식 공연장에서 평화를 상징하는 비둘기 모양을 촛불을 든 1,000명을 동원하여 만들기도 했고, 2,018개의 드론을 가지고 하늘에 비둘기 모양을 그린 후에 오륜기까지 그린 것이 인상적이었다. 성화는 피겨스케이팅의 여왕이었던 김연아가 봉화대 위에 만들어 놓은 조그만 아이스링크에서 스케이팅을 하며 봉화한 것이 개막식의 꽃이었다. 나중에 크면 녹화된 것을 볼 수도 있을 것이다.

지금 너희들의 몸이 커져 엄마의 자궁을 가득 채웠기 때문에 움직이기가 둔해지지만, 외부의 자극에는 민감하게 반응하게 되고, 태동은 더욱 활발해져서 거세게 느껴진다고 한다. 너희들은 둘이니까 더 움직이기가 만만치 않을 것 같다.

오늘의 말씀: **"나의 달려갈 길과 주 예수께 받은 사명 곧 하나님의 은혜의 복음을 증거하는 일을 마치려 함에는 나의 생명을 조금도 귀한 것으로 여기지 아니하노라."**(사도행전 20장 24절) 이 말씀은 사도 바울이 안디옥 장로들에게 행한 고별설교의 한 부분이다. 고별설교는 남아 있는 공동체가 간직해야 할 가장 중요한 가치를 전하는 유언이라고 전에 한번 이야기했다. 이 말씀을 한 사도 바울에게는 인간 구원을 위한 하나님의 은혜의 복음을 전하는 것이 가장 중요하다. 그것은 예수 그리스도께 받은 사명으로서 자기의 생명을 귀한 것으로 여기지 않을 만큼 중요한 것이었다. 우리도 하나님의 은혜의 복음을 전하는

일을 가장 귀한 것으로 여겨야 할 것이다. 왜냐하면 복음을 전하는 것은 천하보다 더 귀중한 생명을 구원하는 일이기 때문이다.

오늘도 사랑과 자비의 아버지 하나님의 품 안에서, 엄마의 따뜻한 사랑의 품 안에서 편히 행복하게 잘 지내거라. 샬롬!

별 둘이 35주째

" 지금 태어나도 문제가 없어요. "

245일
태아 크기 46.2cm
몸무게 2.4kg

247일
태아 크기 47.4cm
몸무게 2.6kg

249일
태아 크기 47.4cm
몸무게 2.6kg

251일
태아 크기 47.4cm
몸무게 2.6kg

지금 태어나도 문제가 없어요.

사랑하는 나의 희망, 나의 기쁨, 별 둘아, 오늘도 잘 지냈니? 엄마 아빠랑은 교회에서 함께 예배를 드렸다. 엄마가 몸이 무겁고 힘들어 예배 끝난 후 카페에서 만남의 시간을 갖지 못하고 헤어졌다. 어떻게 잘 들어가서 좀 쉬었는지 모르겠구나. 너희들은 엄마가 힘들어 하는 것을 느끼지 않니? 이제 1~2주 만 버티면 되겠다. 그러면 너희들이 세상에 태어나게 된다. 너희들의 내장 기능이 완전 숙성하여 호흡만 문제가 없다면 지금 출산해도 문제가 없다고 하는구나. 그래도 가능하면 엄마 몸 안에서 지내며 더 성장하고 호흡 문제가 없이 더 숙성해서 태어나면 좋겠다.

오늘의 말씀: **"우리가 알거니와 하나님을 사랑하는 자 곧 그의 뜻대로 부르심을 입은 자들에게는 모든 것이 합력하여 선을 이루느니라."**(로마서 8장 28절) 하나님을 사랑하는 사람은 하나님의 뜻대로 부르심을 입은 자들이다. 그들에게는 모든 것이 합력해서 선을 이룬다. 우리가 십자가에 달려 돌아가신 예수 그리스도를 믿어 구원을 받으면, 십자가에 나타난 하나님의 사랑이 얼마나 크고 넓고 높고 깊은지 말로 다 표현할 수 없을 정도이다. 그 사랑을 받은 사람들은 하나님을 사랑하게 된다. 하나님과 사랑의 깊은 교제를 나누는 사람에게는 하나님의 은혜와 도우심으로 모든 것이 서로 돕고 연결하여 선을 이루

게 된다. 우리들은 하나님을 사랑하되 목숨처럼 진하게 사랑하는 사람들이 되어야 한다. 그러면 우리의 삶에서 하나님의 사랑과 은혜로 모든 것이 합력해서 선을 이루게 된다.

오늘도 사랑과 자비가 무궁하신 하나님 아버지의 넓은 품 안에서, 엄마의 따뜻한 사랑의 품 안에서 편히 행복하게 잘 쉬거라. 안녕!

둘째 날 _246일째
우리 둘 다 머리가 아래로 향했어요.

사랑하는 나의 희망, 나의 기쁨, 별 둘아, 오늘도 잘 지냈지? 엄마는 집에서 명절 인사와 할아버지 명예 박사학위 취득 축하 등, 여러 가지를 처리하느라 신경을 많이 쓰고 있어요. 또 배가 무겁고 너무 많이 불러서 허리가 아프다고 한다. 엄마에게 전염이 되었는지 나도 오늘은 허리가 좀 불편하다. 오후에 걷기 운동하러 나가려다 그냥 쉬었다.

너희들의 성장정보는 출산일이 다가와서 머리를 아래로 향하게 된다는 언급뿐이다. 이미 너희들은 그렇게 해서 얼마나 예쁘고 착하고 감사한지 모르겠구나. 그러한 자세로 조금씩 운동을 하면서 하나님께서 정하신 출산 때까지 더 성장하고 더 발달하는 것이 좋겠다. 특히 출산 후 호흡을 잘할 수 있도록 호흡 연습도 많이 하거라.

오늘의 말씀: **"누가 우리를 하나님의 사랑에서 끊으리요. 환난이나**

곤고나 박해나 기근이나 적신이나 위험이나 칼이랴."(로마서 8장 35절). 이 말씀은 하나님의 사랑은 세상에서 어느 것으로도 끊을 수 없이 강력하다는 말씀이다. 우리를 향한 하나님의 사랑은 독생자 아들 예수 그리스도를 그 험한 십자가에 처형당하게 할 만큼 강렬하다. 목숨보다 진하다. 이러한 사랑을 받은 우리는 하나님을 그렇게 사랑하면서 세상을 담대하고 행복하게 살 수 있단다. 너희들도 놀랍고도 강한 끊을 수 없는 하나님의 사랑을 받고 하나님과 이런 사랑의 교제를 나누는 행복한 사람이 되어야 한다.

오늘도 사랑과 자비가 무궁한 하나님의 품 안에서, 엄마의 따뜻한 사랑의 품 안에서 편히 행복하게 잘 쉬거라. 샬롬!

셋째 날 _247일째
폐가 완성되었어요.

사랑하는 나의 희망, 나의 기쁨, 별 둘아, 오늘도 잘 지냈지? 오늘 너희 할아버지께서 호남신학대학교에서 명예 박사학위를 받으셨다. 평생 교회발전을 위해서 애쓰시며 교회를 크게 성장시키셨다. 그 공로로 명예 박사학위(목회학)를 받으신 것이다. 명칭대로 명예스러운 일이다. 오늘은 엄마가 검진을 받았다. 너희들의 몸무게가 대강 나왔다. 샛별이는 1.94kg, 한별이는 2.04kg이라고 한다. 이 정도라면 2주 이상 엄마 뱃속에서 지내다가 태어나는 것이 좋을 것 같구나.

성장정보에 의하면, 너희들의 폐가 완성되었고 폐의 공기주머니에서는 윤활유가 생산되고 있고, 그 윤활유는 처음 호흡을 시작할 때 공기 주머니가 퍼진 상태를 유지하는 역할을 한다. 그래야 공기와 폐가 접촉을 하여 공기 중의 산소가 몸속으로 들어올 수 있어서 생명을 유지할 수 있게 된다는구나.

오늘의 말씀 **"누구든지 주의 이름을 부르는 자는 구원을 받으리라."**(로마서 10장 13절) 이 말씀은 구약 요엘서 2장 32절 말씀의 인용구이다. 요엘서에서 이 말씀은 종말에 성령을 부어줌과 그후 여호와의 날, 크고 두려운 심판의 날에 해야 할 일에 관한 말씀이다. 그 날에는 여호와를 믿고 그의 이름을 부르는 자는 구원을 얻는다는 것이다.

사도 바울이 로마서를 집필하며 이 말씀을 자기의 이방인 선교의 맥락에 사용했다. 자기들은 복음을 전파한다. 전파하는 복음을 듣고, 복음을 들어야 주님을 믿고, 주님을 믿어야 주님의 이름을 부를 수 있고, 주님의 이름을 부르는 자가 구원을 받는다. 이 복음을 전하는 자들의 발이 아름답다.(이사야 52장 7절 참조)

이렇게 전해져서 복음이 이제 땅 끝까지 전파되었다. 이 복음을 듣고 주님을 믿고 그의 이름을 부르며 신앙생활을 해야 구원을 받는다. 너희들도 주님을 부르며 주님과 사랑의 교제를 나누는 삶을 살아야 한다.

하부지 태교일지

오늘도 사랑과 자비의 아버지 하나님의 품 안에서, 엄마의 따뜻한 사랑의 품 안에서 편안하게 잘 쉬거라. 안녕!

넷째 날 _248일째
엄마의 건강이 중요하다.

사랑하는 나의 희망, 나의 기쁨, 별 둘아, 잘 지내지? 요즈음 너희들의 건강을 위해서는 엄마의 건강이 중요하다고 하는구나. 엄마의 면역력이 너희들에게 전이가 된다. 특히 엄마의 장내세균이 출산 시 아기에게 그대로 대물림이 되기 때문에 엄마는 장 건강에 특별히 신경을 써야 한다. 엄마도 그것을 알고 신경을 쓸 것이다. 참 너희들의 태동이 아직도 활발하다고 한다. 어제 건강검진 시 의사 선생님이 태동이 활발하다고 칭찬을 했다고 하는구나. ~~

내일부터 설 명절 연휴에 들어간다. 우리 길벗교회에서는 설날 고향이나 형제들 집에 가지 못하는 사람들을 초청하여 설날 위로 행사를 한다. 빙고 놀이를 하고, 식탁 교제를 나눈 후 윷놀이 대회를 한다. 두 놀이가 참 재미있다. 상과 상금이 있어서 모두가 좋아한다. 나중에 너희들이 크면 참석하여 그 재미를 느껴볼 수도 있을 것이다.

오늘의 말씀: **"할 수 있거든 너희는 모든 사람과 더불어 화목하라."**(로마서 12장 18절) 이 말씀은 사도 바울이 갈등과 반목이 있는 로마

의 기독교인들(로마서 14징 1절-15장 2절 참조)에게 한 말이다. 사도 바울은 화목을 하나님과의 화목, 사람과의 화목으로 구분하면서 굉장히 강조한다. 하나님과 화목한 자는 화목의 복음을 전할 사명을 받은 자다. 사명을 받아 화목의 직책을 가진 자는 가능한 한 모든 사람과 화목하면서 화목의 복음을 전해야 한다. 그래서 위의 말씀을 권면한 것이다. 너희를 포함해서 우리 기독자는 - 많은 기독교인이 그렇게 살지 않지만 - 가능하면 모든 사람과 화목해야 한다.

오늘도 사랑과 자비의 아버지 하나님 품 안에서, 엄마의 따뜻한 사랑의 품 안에서 편히 행복하게 잘 쉬거라. 샬롬!

다섯째 날 _249일째
쉬한 양수를 마셔도 괜찮아요.

사랑하는 나의 희망, 나의 기쁨, 별 둘아, 잘 지냈니? 오늘은 좀 이상한 기분이 들었겠구나. 웬 사람들이 모여서 기쁘고 즐겁게 웃고 이야기하는 소리를 많이 들어서 말이야. 오늘은 설 명절 첫 휴일, 외갓집 식구들이 모여서 식사를 하고 윷놀이를 하며 즐겁게 보냈기 때문이다. 우리는 내일 길벗교회에서 설날에 갈 곳이 없는 사람들과 여러 가지 놀이를 하며 보낸다. 어쩌면 엄마 아빠는 내일 힘들면 교회에 나오지 않을 것이다. 나오지 않더라도 다른 사람들이 모든 준비를 해놓아서 별 무리는 없을 것이다. 나오면 너희들이 오늘과는 또 다른 분위기를 느낄 수도 있어서 좋겠지만 말이다.

성장정보에 의하면, 너희들은 오줌을 누기도 하고 양수를 마시기도 한다는구나. 그것은 너희들이 태어나면 먹고 마시고 쉬하는 신진대사를 하는 연습이다. 태어나면 그러한 신진대사는 성장하여 어른이 되고 더 나이 들어 할아버지처럼 늙어서 나중에 세상을 하직할 때까지 지속하게 된단다. 그것을 너희들은 모태에서부터 연습을 하는 셈이다.

오늘의 말씀: **"부지런하여 게으르지 말고 열심을 품고 주를 섬기라."**(로마서 12장 11절) 우리 기독인의 신앙생활의 요체는 주님을 믿고 영접하여 자기의 주님으로 섬기는 것이다. 자기를 죄와 사망에서 구원하여 주신 주님을 섬길 때 열심히 자기의 전 생명력을 다하여 섬겨야 한다. 사도 바울은 로마의 기독교인들이 주님을 이렇게 섬기도록 '부지런하여 게으르지 말고 열심히 섬기라'고 권면한 것이다. 이 권면은 역시 너희들에게도 해당된다는 사실을 명심하거라.

오늘도 사랑과 자비의 아버지 하나님의 품 안에서, 엄마의 따뜻한 사랑의 품 안에서 편히 행복하게 잘 쉬거라. 샬롬!

여섯째 날 _250일째
쌍둥이라서 좀 더 일찍 태어나게 된다.

사랑하는 별 둘이, 나의 희망 나의 기쁨아, 오늘은 설날인데 잘 지냈나? 설날은 부모님과 조부모님께 세배를 하고 맛있는 음식도 나누며 친지들과 즐겁게 보내는 민족의 큰 명절이다. 너희들도 좀 크면 설날 세배를 하러 다니게 된다. 세배를 하면 덕담도 듣고 세뱃돈도 받게 된다. 우리는 길벗 교회에서 설 명절에 갈 곳이 없는 사람들을 초청해서 행사를 했다. 예배를 드리며, 그리스도 안에서 형제자매가 되었으니 형제우애를 나누며 살자는 말씀을 했다. 이어서 빙고게임을 하고 점심을 떡국으로 한 후 윷놀이 대회를 했다. 외할아버지팀과 외할머니팀이 3~4위전을 했는데 내가 승리를 일구어 3위를 했다. 어제 외할아버지 처가댁에서도 모여 윷놀이를 했는데 그때는 내가 우승을 했단다.

이제 너희들이 생긴 지 250일째가 되었다. 보통 30일쯤 후면 태어나게 되는데 너희들은 쌍둥이라서 좀 더 일찍 태어나게 된다. 한 열흘 전후로 태어나기 쉽다. 이제 곧 만나게 되니 기다림이 기쁘다. 이때 너희들에게는 비타민 A가 많이 필요하다. 그것이 부족하면 출생 후 발육부진이 생기거나 저항력이 약해져서 잔병치레가 잦을 수 있다고 하는구나. 이런 것도 다 아니까 엄마가 부족하지 않도록 할 것이다. 너희들은 조금도 염려하지 말고 잘 지내다가 나오거라.

하부지 태교일지

오늘의 말씀: **"사랑은 이웃에게 악을 행하지 아니하나니 그러므로 사랑은 율법의 완성이니라."**(로마서 13장 10절) 하나님의 율법 중에 가장 큰 계명은 하나님 사랑과 이웃 사랑이다. 이웃 사랑은 하나님 사랑의 통로라고 할 수 있다. 이 사랑은 이웃에게 악을 행치 않고 선을 베푸는 것이다. 선을 베푸는 양선은 하나님의 인간을 위한 태도로 성령의 열매에 속한다. 이러한 사랑을 하는 것이 율법을 다 이루는 것이다. 율법을 이루는 완성은 이웃 사랑을 행하는 것이다. 사도 바울은 이러한 의미로 사랑은 율법의 완성이라고 말한 셈이다. 우리도 이웃 사랑을 잘 수행해서 율법을 다 이루는 하나님의 자녀들이 되어야 한다.

오늘 설날도 사랑과 자비의 하나님 품 안에서, 엄마의 따뜻한 사랑의 품 안에서 편히 행복하게 잘 쉬거라. 안녕!

일곱째 날 _251일째
양수와 솜털과 태지도 먹어요.

사랑하는 나의 희망, 나의 기쁨, 별 둘아, 잘 지냈지? 오늘은 설 다음 날 명절 휴일이다. 원래 설 명절은 하루였는데, 고향에 다녀오는 시간이 필요해서 휴일을 앞뒤로 하루씩 더 늘려 최소한 3일을 쉬게 한 것이다. 오늘 엄마와 아빠는 빵과 케이크를 사러 유명한 김영모 베이커리에 다녀왔다. 외할아버지의 당뇨식을 염려해서 그렇게 한 것 같다.

나에게는 좋은 딸이다. 너희들도 부모님께는 효를 다하도록 하거라.

성장정보에 의하면, 너희들의 몸을 태지와 솜털이 덮고 있다고 하는구나. 양수로부터 몸을 보호하기 위한 것인데, 그것이 이젠 벗겨지고 있고, 너희들은 양수와 더불어 그것들을 삼켜서 그 물질이 장 안에 남아 있다가 나중에 태어난 후 검은 색의 변을 누게 된다. 그것을 태변이라고 한다. 그런 태변이 나와도 아무런 문제가 없으니 전혀 놀랄 필요가 없다. 너희들이 유도분만을 통해 세상으로 나올 날인 디데이(D-day)가 9일 남았다. 이제 드디어 카운트다운이 되었다. 9일 후에는 세상에 태어날 수도 있다.

오늘의 말씀: **"그런즉 너희가 먹든지 마시든지 무엇을 하든지 다 하나님의 영광을 위하여 하라."**(고린도전서 10장 31절) 인간의 목적은 하나님께 영광을 돌리는 것이다. 먹든지 마시든지 무엇을 하든지 하나님의 자녀는 자기의 영광이나 다른 사람들의 영광을 위해서가 아니라 하나님의 영광을 위해서 해야 한다. 그리고 바로 이렇게 하나님 아버지가 받으시는 영광에 종국에는 놀랍게도 하나님의 자녀들도 참여하게 된다. 그러니 너희들도 먹든지 마시든지, 자든지 깨어 있든지, 무엇을 하든지 하나님의 영광을 위해서 하도록 해라. 그러면 그 영광에 참여하게 된다.

오늘도 사랑과 자비가 무궁하신 하나님 아버지의 품 안에서, 엄마의 따뜻한 사랑의 품 안에서 편히 행복하게 잘 쉬거라. 안녕!

별 둘이 36주째

" 9개월째로 들어갑니다. "

252일
태아 크기 47.4cm
몸무게 2.6kg

253일
태아 크기 48.6cm
몸무게 2.9kg

254일
태아 크기 48.6cm
몸무게 2.9kg

255일
태아 크기 48.6cm
몸무게 2.9kg

256일
태아 크기 48.6cm
몸무게 2.9kg

257일
태아 크기 48.6cm
몸무게 2.9kg

258일
태아 크기 48.6cm
몸무게 2.9kg

grow
UP

머리가 점점 더 아래로 내려갑니다.

사랑하는 별 둘이, 나의 희망 나의 기쁨아, 오늘도 잘 지냈니? 오늘은 엄마 아빠와 함께 길벗교회에서 예배를 드렸다. 엄마 아빠는 길벗 중창단으로, 주일 예배 때마다 찬양을 한단다. 오늘도 엄마는 무거운 몸을 이끌고 배를 잔뜩 내밀고(?) 힘들지만 자랑스럽게 찬양을 했다. 마음에 잔잔한 감동을 주었다. 예배가 끝난 후 엄마가 다음 주에는 앞에 못 설 것 같다고 말했단다. 몸도 무겁지만, 그 사이에 출산을 할 수도 있기 때문이지. 우리는 아직도 디데이가 8일 남았으니까, 또 뱃속에 더 있으면 있을수록 너희들이 더 성숙되니까 더 있다가 나오면 좋겠다고 했지. 너희들은 어떠니? 빨리 나오고 싶으니? 인큐베이터 신세를 지지 않으려면 조금 더 늦게 나오는 것이 좋지.

너희들의 머리는 점점 더 아래로 내려간다고 한다. 그러면 폐와 위에 압박이 조금 덜해서 엄마가 숨을 쉬거나 음식을 먹기도 좀 편해진다. 마지막 달에는 자궁에 태아의 몸이 가득차서 태동도 약해진다고 하는데, 엄마의 동영상을 보니 한별이의 태동이 장난 아니더구나. 엄마의 배가 불룩불룩 튀어나오는데, 그런 태동을 보니 아직도 움직일 여유 공간이 있고, 좀 더 자랄 여지가 있는 것 같애.

오늘의 말씀: **"우리가 살아도 주를 위하여 살고 죽어도 주를 위하여 죽나니 그러므로 사나 죽으나 우리가 주의 것이로다."**(로마서 14장 8절)

오늘의 말씀으로 어제는 '먹든지 마시든지 무엇을 하든지 주님의 영광을 위해서 하라'는 말씀을 주었다. 오늘은 '살아도 죽어도 주님을 위해서 해야 한다'는 말씀을 주고 싶다. 주님께서는 당신의 생명으로 우리를 사셨다. 우리는 이제 주님의 소유다. 주님의 은혜로 생명을 얻은 우리는 살든지 죽든지, 먹든지 마시든지, 무엇을 하든지 주님과 주님의 영광을 위해서 해야 한다. 너희들도 모태에서부터 성령에 감동이 되어 앞으로 늘 이렇게 주님의 것으로 주님의 영광을 위해 살면 좋겠다.

오늘도 사랑과 자비가 무궁한 하나님 아버지의 품 안에서, 엄마의 따뜻한 사랑의 품 안에서 편히 행복하게 잘 쉬거라. 안녕!

둘째 날 _253일째
피부에 태지가 묻어있어요.

사랑하는 별 둘아, 나의 희망 나의 기쁨아, 잘 있었나? 오늘은 좀 늦었지? 경기 64회 신우회 예배를 우리 길벗교회에서 드리게 되어 설교 준비하랴, 접대 준비하랴, 예배와 친교를 마치고 뒤치닥꺼리 하랴 혼자 북치고 장구치다 보니 이제야 집에 도착해서 이 글을 쓴다. 오늘 신우회 멤버인 박형근 목사가 마지막 기도를 하면서 엄마가 너희들을 순산하고 너희들이 훌륭한 인물들이 되도록 간구했단다. 고마운 목사님이지?

이제 너희들이 피부에 태지가 줄었지만 아직도 남아 있다고 한다. 이 때문에 미끈해서 출산 때 경도를 통과하기 쉬워진다는구나. 모든 것이 출산을 돕도록 되어 있구나. 엄마는 내일 마지막 검진을 받으러 가기 전에 출산용품을 전부 준비해서 출산용 가방에 넣어놓고 간다고 하는구나. 과거 엄마나 외삼촌들이 태어날 때와는 달리 이렇게 출산 준비가 완벽하구나. 너희들은 이제 순조롭게 태어나기만 하면 된다.

오늘의 말씀 **"주는 영이시니 주의 영이 계신 곳에는 자유가 있느니라."**(고린도후서 3장 17절) 여기서 주는 예수 그리스도를 말한다. 주 예수 그리스도는 영의 주로서 영이다. 주님의 영, 성령이 계신 곳에서는 자유가 있다. 이 자유는 제한이 없는 하나님의 자유에 해당한다. 주님은 바로 이러한 자유를 주신다. 불결한 영, 세상의 영은 예속의 영이다. 사람을 속박한다. 주님으로부터 이러한 속박에서 자유를 얻은 사람들은 다시는 자유를 잃어버리지 말아야 하며, 모든 속박을 끊어버리는 자유를 위한 투사가 되어야 한다. 자유는 생명보다 더 고귀하다. 너희들도 생명보다 귀한 자유, 제한 없는 하나님의 자유를 맛보고 그 자유를 향유하며 그 자유를 위해 사는 사람들이 되면 좋겠다.

오늘도 사랑과 자유와 자비의 하나님의 품 안에서, 엄마의 따뜻한 사랑의 품 안에서 자유롭고 행복하게 잘 지내거라. 안녕!

호흡연습을 하면서 딸꾹질도 해요.

사랑하는 별 둘아, 나의 희망, 나의 기쁨아, 잘 지내고 있지? 엄마가 오늘 마지막 검진을 잘 마쳤다. 너희들의 몸무게는 약 2.2kg이다. 일반적으로는 이맘 때부터 머리가 더 아래로 내려가고 움직일 수 있는 공간이 좁아지면서 태동과 같은 움직임이 거의 없게 된다. 그런데 한별이는 아직 공간이 있는지 폭풍태동을 하고 있고, 샛별이는 조금씩 얌전하게 움직이고 있다. 또 둘이는 호흡 연습을 하면서 딸꾹질도 하고 있다. 너희들은 아직도 좀 더 크고 공간도 좁아져서 태동도 별로 하지 않아야 태어나게 될 것 같다. 앞으로도 한 열흘 정도 더 지나면서 몸무게를 더 불리고 더 커서 호흡도 잘할 수 있게 되어 태어나면 좋겠다.

엄마와 아빠는 너희들의 이름을 지으려고 지금 준비 중이다. 할아버지와 큰 할아버지(할아버지의 형님)에게도 합격이 되어야 한다. 지금 부르는 이름은 태중의 이름이고 앞으로 태어난 후에 부를 이름은 법적인 이름도 된다. 의미도 좋고 부르기도 쉬운 이름을 지을 것이다. 특별한 일이 없으면 이 이름은 평생을 가는 이름이 된다.

오늘의 말씀: **"너희가 다 믿음으로 말미암아 그리스도 예수 안에서 하나님의 아들이 되었으니."**(갈라디아서 3장 27절) 이 말씀은 신앙인들이 어떠한 존재가 되는가를 잘 밝혀주는 말씀이다. 예수 그리스도를 믿는 자들은 하나님의 아들이 된다. 하나님의 아들은 실재 살아계신 하

나님의 아들을 의미한다. 그들이 예수 그리스도를 믿으면 나중에 죽고 부활하여 하나님의 나라에서 하나님의 사실적인 아들이 된다. 시인 윌리엄 불레이크는 「자연 종교는 없다(b)」에서 이 말씀과 비슷하게 성서의 핵심을 한마디로 요약한다 "그러므로 하느님은 우리와 같아진다, 우리가 하느님과 같아지도록." 이제 예수 그리스도를 믿는 사람들은 이렇게 존귀한 존재가 된다는 자부심을 가지고 당당하게 살아가야 한다.

오늘도 사랑과 자비와 자유의 하나님 품 안에서, 엄마의 따뜻한 품 안에서 자유를 만끽하며 편히 행복하게 잘 쉬거라. 안녕!

넷째 날 _255일째
생체리듬이 생겼어요.

사랑하는 별 둘아, 나의 희망, 나의 기쁨아 오늘도 잘 지냈지? 오늘은 미국에서 막내 외할아버지가 작은 외할아버지가 편찮다 해서 급히 귀국하셔서 증조 외할아버지 할머니 산소에서 형제자매들이 모여서 인사도 드리고, 그분들이 즐겨 부르시던 찬송도 2곡 부르고 기도도 했다. 미국에서 오신 막내 외할아버지께서 대표로 기도하시며 너희들의 순산과 복된 신앙생활과 사회생활을 위해서 기도해 주셨다.

엄마는 운동은 해야 하는데 몸이 너무 무거워져서 걷기조차 힘들어

바퀴달린 기저귀함을 붙잡고 걷기 운동을 했다. 엄마는 치골이 너무 아프고 허리가 아파서 이젠 출산을 했으면 좋겠다고 한다. 아마 다음 주 초에는 유도분만을 시도하려는가 보다.

너희들은 자고 깨는 생체리듬이 생겼다고 한다. 이제는 40분 주기로 잠자고 깨어있는 시간의 생체리듬이 생기고 있다. 그러다가 태어나면 좀 더 이 리듬이 길어지다가 좀 더 크면 밤과 낮으로 자고 깨곤 하게 된다. 어른이 되어도 낮에 잠깐 자는 것이 건강에도 좋고 장수에 필수 요건이 된다고 한다. 너희들 때부터 시작한 생체리듬 현상이 평생을 지배하는구나.

오늘의 말씀: **"너희가 전에는 어둠이더니 이젠 주 안에서 빛이라 빛의 자녀들처럼 행하라"**(에베소서 5장 8절) 하나님을 떠난 인간은 죄와 사망의 그늘에 거한다고 한다. 그러한 우리 인간들은 주님을 믿고 알기 전까지는 어두움 안에 있기에 어둠이라고 할 수 있다. 그러나 세상의 빛 된 주님 안에 거하는 신앙인들은 어둠에서 빛으로 옮겨진 존재로서 빛 안에 거하기 때문에 빛이다. 유일한 세상의 빛을 받아 반사하는 빛이다. 이렇게 빛 된 존재는 빛의 자녀라고 할 수 있고, 그들은 올바른 행동으로 빛을 발해야 한다. 이것이 빛의 자녀들처럼 행하는 것이 된다. 너희들도 주님을 잘 믿고 올바르게 행동함으로서 빛을 발하는 빛의 자녀가 되어야 한다.

오늘도 사랑과 자비, 자유의 하나님의 품 안에서, 엄마의 따뜻한 사랑의 품 안에서 자유하며 행복하게 쉬거라. 안녕!

다섯째 날 _256일째
표피가 벗겨지고 있어요.

사랑하는 별 둘아, 나의 희망, 나의 기쁨아, 오늘도 잘 지냈니? 엄마가 오늘은 태동에 관해서 말하지 않는 것을 보니, 너희들도 이젠 출산 준비에 들어간 모양이지? 머리가 더 아래로 내려오면 공간도 좁아져서 움직임도 둔화된다고 하니까 말이야. 엄마는 이제 다음 주 월요일에 출산하러 병원에 들어가서 그 다음 날부터 유도출산에 들어간다고 한다. 이제 너희들이 태어날 날이 카운트다운 된 셈이다. 대략 1주일 내외에 태어나게 될 것이다.

성장정보에 의하면, 너희들은 너희 몸을 보호하며 몸을 덮고 있는 얇은 표피를 완전히 벗어버린다고 한다. 그것을 삼켜서 출산 시까지 내장에 담고 있다가 출산 후 태변으로 나오게 된다. 태변은 그때 너희들의 장이 처음으로 움직이게 하는 데에도 도움을 준다고 해요.

오늘의 말씀: **"너희 안에 이 마음을 품으라 곧 그리스도 예수의 마음이니."**(빌립보서 2장 5절) 사람들이 품고 있는 마음 가운데에서 우리 주 예수 그리스도의 마음이 가장 고상하고 아름답다. 그래서 예수님을 믿는 성도들에게는 각자의 내면에 가장 아름다운 예수 그리스도의 마음을 품도록 요구되고 있다. 우리도 예수 그리스도의 아름다운 마

음을 품고 사는 그리스도인들이 되어야 할 것이다.

오늘도 사랑과 자비와 자유의 하나님의 품 안에서, 엄마의 따뜻한 사랑의 품 안에서 자유롭게 편안하게 행복하게 지내거라. 안녕!

여섯째 날 _257일째
몸이 통통해져가요.

사랑하는 나의 희망 나의 기쁨 별 둘아, 오늘도 잘 지내지? 오늘 오후 5시 넘어서야 너희들이 조용히 잠든 모양이구나. 지난밤엔 태동이 폭풍태동처럼 장난 아니게 격렬했던 모양이야. 그것을 두고 할머니와 내가 해석이 좀 달랐지. 할머니는 너희들이 곧 나오려고 그러는가 보다 했고, 나는 나올 즈음이면 태동이 줄어드는데 아직 나올 때가 멀어서 그런다고 했지. 내 해석이 맞을 것 같애. 너희들이 좀 더 커서 나오는 것이 좋고, 폭풍태동을 한다면 아직 출산일은 좀 더 남은 것 같애.

성장정보에 의하면, 너희들이 이젠 하루에 15g 정도만 살이 붙는다고 한다. 몸에 지방도 축적이 되면서 동글동글해지고 통통해져 가고 있다. 그렇게 하다가 태어나면 통통하니 보기도 예쁘고 아주 귀엽고 사랑스럽단다. 그러한 너희들이 나오기를 학수고대하고 있다.

오늘의 말씀: **"내게 능력 주시는 자 안에서 내가 모든 것을 할 수 있느니라."**(빌립보서 4장 13절) 이 말씀은 그리스도인들에게 용기를 주는

귀한 말씀이다. 내가 이 말씀을 암기할 때 요약해서 '빌사일삼'이라고 외웠지. 빌립보서 사 장 십삼 절이라는 말이다. 우리 그리스도인에게는 절망이나 불가능은 없다. 능력을 주시는 전능하신 하나님과 예수 그리스도께서 도우시기 때문이다. 주 예수 그리스도 안에서 그의 도우심을 힘입고 그분을 신뢰함으로써 우리는 모든 일을 할 수 있다. 힘든 일이나 불가능하다고 생각되는 일을 만났을 때 위의 말씀을 생각해서 포기하지 말고 믿고 나아가면 문제가 풀리고 그 일이 가능해진다. 절대로 일을 하다가 쉽게 포기하지 말아라. 주님과 함께라면 모든 것이 가능하다.

오늘도 사랑과 자비, 자유의 전능하신 하나님의 품 안에서, 엄마의 따뜻한 사랑의 품 안에서 자유를 만끽하며 행복하게 쉬거라. 안녕!

일곱째 날 _258일째
빛을 더 잘 느껴요.

사랑하는 나의 희망 나의 기쁨 별 둘아, 오늘도 잘 지내지? 아직도 태동을 강렬하게 하고 있고? 홑 태아도 22일 정도만 있으면 출생하게 된단다. 이젠 쌍태인 너희들이 언제나 나와도 좋지만, 너희들의 몸무게를 생각하면 한 일주일 정도 더 있다가 나오면 좋겠다. 오늘은 엄마 아빠가 몸 컨디션이 좀 좋지 않은 모양이다. 너희들을 맞을 준비를 집중해서 하다 보니 몸에 무리가 간 것 같다.

너희들이 빛을 느낀다고 그 전에 성장정보에서 이야기한 적이 있다. 요즈음은 더 잘 느끼는 모양이다. 밝은 곳을 향해서 몸을 돌리는 정향반응을 연습하고 있다고 한다. 너희들이 태어나면, 아마도 빛이 자궁에 있을 때보다 훨씬 밝을 것이다. 낮이나 밤이나. 낮에는 태양 빛이 환하게 비추고, 밤에는 전기기구로 환하게 비추어서 그렇다. 낮에도 환하게 밝혀놓기도 한다. 그러니 처음에는 너희들의 눈이 부실지도 모르겠다. 그래도 발광체를 직접 바라보지만 않으면 곧 밝은 빛에 적응을 잘하게 될 것이다.

오늘의 말씀: **"그리스도의 평강이 너희 마음을 주장하게 하라"**(골로새서 3장 15a절) 사람의 마음은 여러 가지 감정의 기복을 느낀다. 기쁨, 슬픔, 불안, 평안, 두려움, 안심, 사랑, 미움 등등. 사람은 이러한 감정을 느끼는 실존적인 존재이다. 이 중에서 평안, 기쁨, 사랑 등의 마음이 있을 때 행복을 느끼게 된다. 주님께서는 우리들에게 일반적으로 느낄 수 없는 평화와 기쁨과 사랑을 주신다. 주님께서 주시는 이러한 감정은 특별한 것이어서 세상의 일반적인 방법으로는 줄 수도 빼앗을 수도 없다. 주 예수 그리스도께서 주시는 평화의 감정이 우리 마음을 지배하고 주장하게 해야 한다. 세상의 풍파와 재리와 근심과 걱정으로 그것을 빼앗기지 말아야 한다. 그래야 가장 행복하고 아름다운 삶을 살아갈 수 있다.

오늘도 사랑과 자비와 자유의 하나님 아버지의 품 안에서, 엄마의 따뜻한 사랑의 품 안에서 자유를 만끽하며 행복하게 편히 잘 쉬거라. 안녕, 나의 사랑, 나의 희망, 나의 기쁨 별 둘아.

하부지 태교일지

마침내 별 둘이 태어나다

　사랑하는 별 둘아,

　마침내 너희들이 세상에 태어났다. 너희들이 잉태된 지 260일째다. 이 날은 2018년 2월 26일이다. 너희들의 탄생을 축하한다. 너희들을 세상에 보내신 하나님 아버지께 감사를 드린다. 정말 감사하다. 오늘 태어날 줄은 몰랐다. 이삼 일 후에 태어나지 않을까 생각해서 엄마는 오늘 오후에 병원에 들어가서 유도분만 준비를 하려고 했다.

　그런데 아침에 양수가 터졌나 보다고 해서 병원에 가게 했다. 양수가 터지면 아이가 세상으로 나오게 되거든. 병원 의사가 양수가 터진 것은 아니라고 해서 안심을 했는데, 그 후에 여의사가 진찰을 하다가 자궁에 피가 있는 것을 발견하고, 얼마 후에 더 많이 나와서 제왕절개 수술로 아기들을 꺼집어내야 한다고 했다. 20~30분 정도 걸려서 수술 준비가 완료되자 곧 수술에 들어갔고, 너희들이 차례로 3시 39분과 40분에 세상에 나오게 된 것이다. 샛별이는 2.25kg으로 아래에 있어서 더 먼저 나왔고, 한별이는 2.17kg으로 이어서 나왔다. 나오자마자 인큐베이터에 넣어 차례로 신생아실로 데리고 갔다. 신생아실은 병원균들과 완전히 차단이 된 곳이라서 아무나 들어갈 수 있는 곳이 아니다. 거기서 너희들을 아기 침대에 꺼내놓았다.

　너희들을 보는 면회시간은 밤 7시 30분부터였다. 그때까지 4시간가

량 기다리다가 너희들을 유리창 밖에서 보고 사진을 찍었다. 참 기쁘고 감사했다. 너희들이 일단 황달 끼가 전혀 없어서 좋았다. 코는 오똑, 이마는 볼록, 뒷통수도 볼록, 참 아름답고 잘생겼다. (후기 눈은 감겨 있었다. 그런데 나중에 눈을 뜬 후에 본 너희들의 눈은 영롱하였고, 잘생긴 눈이다. 그것을 할아버지는 봉황의 눈과 같다고 했었지 ...) 잘생긴 너희들의 머리와 이마와 뒤통수를 아빠 엄마가 이젠 더 잘 관리하게 해야 하겠다는 생각이 들었다. 내가 보기에는 너희들이 일란성 쌍둥이는 아닌 것 같았다. 이 글을 쓰면서 너희들의 사진을 여러 장 보니 정말 예쁘고 잘생겼다. 외할머니 친구들도 사진을 보고는 너희들이 잘생겼다고 야단들이라는 구나. 참 기쁘다.

너희들 덕분에 이제 우리 내외도 할아버지와 할머니가 되었다. 너희 엄마와 아빠에게도 축하를 했지만, 우리 내외도 서로 축하를 했다. 너희들이 세상에 태어났으니 이제 가장 중요한 것은 하나님께서 너희들과 함께하시고, 너희들은 하나님과 동행하는 것이다. 일평생을 그렇게 살도록 하거라. 그러면 하나님께서 너희들을 가장 아름다운 길로 인도하실 것이다. 하나님과 함께라면 모든 것이 가능하다. 하나님께서 함께하시면 가장 아름다운 임마누엘의 은총과 축복을 받게 된다. 이를 명심하고 그렇게 건강하게 잘 자라가거라. 다시 한 번 너희들의 태어남을 축하하고 축복한다. 이 할아버지는 너희들에 대한 기대와 희망이 크다. 나의 기쁨, 나의 사랑, 별둘아, 안녕.

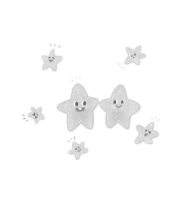

하부지 태교일지

초판 1쇄 인쇄 | 2022년 07월 07일
초판 1쇄 발행 | 2022년 07월 17일

지은이 | 김희성
펴낸이 | 임용호
펴낸곳 | 도서출판 종문화사
디자인 | 소리디자인
일러스트 | 안한나 님 외

영업 | 이동호 이사
인쇄 | 천일문화사
제본 | 영글문화사

출판등록 | 제10-142호
등록일자 | 1997년 4월 1일 제22-392
주소 | 주소 서울시 은평구 연서로 34길2 3층
전화 | (02)735-6891
팩스 | (02)735-6892
E-mail | jongmhs@hanmail.net

값 18,000원
ISBN 979-11-87141-75-4- 03510
ⓒ 2022, Jong Munhwasa printed in Korea